_____ 님께

청춘을 디자인하는 그대를 응원합니다.

_____ 드림

청춘을 디자인하다

"나에게 인생이란 _____ 이다."
검색이 아닌 사색으로 빈칸을 채워 보세요.

청춘을 디자인하다

이승한 · 엄정희 지음

KOREA.COM

청춘은 설레는 도전의 정글

청춘은 무한한 가능성의 상징이자 설레는 도전의 정글입니다.
이승한, 엄정희 님은 이 정글 탐험의 멘토를 자원하셨습니다.
가장 신비한 자아의 숲에서 출발하는 멘토링의 여정으로
우리 시대의 젊음들을 약속의 땅으로 안내하고 싶어 합니다.

이승한, 엄정희 님은 이 땅에서 가장 바쁜 삶을 사시는 부부입니다.
한 분은 경영 일선에서 또 한 분은 교육의 일선에서 말입니다.
그러나 두 분의 삶의 여로에는 언제나 미학적인 여백이 있습니다.
화목한 가정과 예술 경영의 지혜가 빚어내는 화음의 멜로디가 있
습니다.
이런 지혜는 이 시대를 살아가는 청춘들에게 꼭 필요합니다.

청춘은 힘이요, 가능성이지만 아직 다듬어지지 않은 원석과 같습
니다.
그래서 청춘의 여정에는 큰 그림과 작은 숨결을 다듬어 줄 멘토가
필요합니다.

어떤 멘토는 큰 그림에는 좋은 스승이지만 작은 디테일을 보여 주지 못합니다.

어떤 멘토는 작은 디테일을 섬세하게 터치하지만 비전을 보여 주지 못합니다.

그런데 이 책의 저자들은 이 두 부분을 함께 붙잡고 사는 보기 드문 멘토들이십니다.

"아프니까 청춘이다"라고 쓰신 분이 있습니다.

그러나 저는 "도전하니까 청춘이다"라고 말하고 싶습니다.

이 한 권의 책은 청춘 멘토링의 지혜를 묶어 낸 도전 클래식이 될 것입니다.

인생의 정글을 향해 무한 도전을 시작하는 이 땅의 모든 청춘들에게 저는 이 한 권의 안내서로 인생을 디자인해 보길 강추합니다.

— 이동원 목사
지구촌 미니스트리 네트워크 대표,
국제 코스타 이사장

흔들리는 세상에서
참 가치를 붙들게 하는 멘토링

　　이승한 회장과 엄정희 교수는 사랑의 철학을 인도하고 전파하는 실천가입니다. 두 분의 삶의 방식에는 늘 '소통'하려는 노력이 있습니다. 소통은 시대적 화두이지만 이루기는 힘든 과제입니다. 두 분께서는 참된 신앙인으로 자신의 삶을 통해 강연, 저서, 그리고 다양한 모임을 통해 사랑의 철학을 나누어 왔습니다.

　두 분은《청춘을 디자인하다》에서 멘토가 되어 청춘들과 의미 있는 만남을 이루고 있습니다. 두 분은 '인간애'와 '솔직함'으로 청년들에게 다가갔기에 그들과 소통할 수 있었습니다. 두 분의 사랑과 진솔함은 사람의 닫힌 마음을 열고 큐피드의 화살을 쏘아 사랑의 바이러스를 전파시킵니다.

　이 책에서 이승한 회장과 엄정희 교수는 이슬처럼 맑고 순수하며 무한한 가능성을 앞둔 젊은 영혼들이 붙들어야 할 인생의 가치와 지침을 청춘의 시야와 따뜻한 가슴으로 엮으셨습니다.

　두 분은 값진 경험과 빛나는 혜량으로 섬세하고 자상한 청춘 디자인의 해법을 제시하면서 바람 앞의 촛불처럼 흔들리는 청춘들의 아품을 품어 줍니다.

　이 책은 젊은이들과의 소통을 실천한 가장 설득력 있는 인생의 안내서입니다. 이 책에서 전해 주는 지혜를 삶의 지침으로 삼는다면 젊은이를 포함한 모든 세대가 힘든 시대를 극복하는 혜안을 얻을 수 있을 것입니다. 이 책을 통해 많은 분들이 흔들리는 세상 속에서 가치를 붙드는 '사랑 바이러스', 참 '성공 바이러스'에 감염되시길 바랍니다.

— 이세웅
서울사이버대학교 이사장,
예술의전당 이사장

'청춘을 디자인하다'를 통해
세상의 주인공이 되라

'나는 누구인가?' '나는 어디로 가야 하는가?' '내일의 나를 위해서 나는 오늘 어떤 준비를 하고 있는가?' 누구나 한 번쯤 가져보았을 질문입니다. 특히 변화의 시대를 살고 있는 이 시대의 청춘들에게는 커다란 물음으로 다가설 것입니다.

대학생이 되면, 취업 준비 전선에 뛰어들어 정신없이 앞만 보고 달려갑니다. 자기 자신이 누구이며 어디로 가고 있는지에 대해 진지하게 고민하고 반성할 여력이 없어 보입니다.

대학에 입학하자마자 취업을 위한 소위 '스펙 쌓기'에 열중하느라 사람과의 만남과 인연에 대해서도 소홀해집니다. 젊은이들이 인생의 가치에 대한 진지한 고민으로 얻게 되는 '자각'과 '성찰'과 같은 단어들과 멀어지는 것을 보며 안타까운 마음을 금치 못하였습니다.

한국장학재단이 진행하는 '한국 인재 멘토링 네트워크(KorMent)' 사업은 어려움을 극복하고 사회적으로 성공하여 삶을 아름답게 가꾸고 있는 이들을 멘토로 모시고, 아직 어리지만 배우려는 자세가 되어 있는 학생들을 멘티로 선발하여 인연을 맺어 주는 사업입니다.

바쁜 가운데서도 멘토로 참여해 주신 이승한 회장님과 엄정희 교수님, 그리고 미래를 짊어질 대학생 멘티들의 멘토링 이야기를 진솔하게 담은《청춘을 디자인하다》를 출간하게 되어 감사한 마음입니다.

이 책은 이 시대의 청춘들이 자아 정체성을 확립하고, 자신의 위치를 파악하며, 자신이 나아가야 할 길을 정해 주는 이정표와도 같습니다. 방황도 좌절하기도 쉽지만, 동시에 무한한 잠재력과 창의성을 지닌 우리 젊은이들에게 이 책은 두 멘토님의 삶의 경륜과 지혜를 바탕으로 청춘들이 가져야 할 꿈과 가치, 삶의 자세에 대하여 '디자인'하는 방법을 안내해 줍니다.

《청춘을 디자인하다》를 통해 여러분이 이 세상의 주인공이 될 수 있도록, 여러분의 인생을 멋지게 디자인하시길 바랍니다.

— 이경숙
한국장학재단 이사장,
전 숙명여자대학교 총장

목
차

Part 1.
나는 누구인가?…20

Part 2.
붙들어야 할 삶의 가치…72

Part 3.
나의 꿈 나의 길, 어디로 갈 것인가 ...104

Part 6.
나의 인생을 디자인하다 … 214

다시 가슴이 뛴다

'캄 · 비 · 고'

지난해 4월 아직도 쌀쌀했던 이른 봄, 한국장학재단의 부부멘토로 여덟 명의 청춘 멘티들과 처음 만나 함께 지은 우리들의 이름이다. '캄' 은 영어의 come, '비'는 영어로 be, '고' 역시 영어의 go에서 따왔다. 멘토링에 와서, 새롭게 되어서, 세상을 향해 나아가라! '캄비고'라는 이름에는 우리 멘토링 모임의 목적과 취지가 압축적으로 잘 담겨 있다.

짧고도 긴 1년여의 만남을 통해 우리는 청춘이 고민하고 답을 찾아야 할 주제들에 대하여 함께 머리를 맞대었다. 멘티들은 작은 가르침 하나도 크고 깊게 받아들였으며, 멘토인 우리 역시 그들 이야기를 듣노라면 다시 청춘으로 돌아간 것 같아 가슴이 벅차 올랐다.

도전하는 한 청춘이다

나는 누구인지, 내가 붙들어야 할 삶의 가치는 무엇인지, 나의 꿈과 내가 나아갈 길은 어디인지, 내 삶의 길을 함께 가는 사람들은 누구인지, 그리고 어떻게 삶을 이끌어 갈 것인지, 나의 인생을 어떻게 디자인할 것인지, 청춘이라면 반드시 짚고 넘어가야 할 여섯가지 질문에 대한 답을 멘티들과 함께 하나하나 찾아나갔다.

청춘이라면 대부분 미래에 대한 막연한 불안감에 시달린다. 이들에게 누군가가 손을 내밀어 잡아줄 때 청춘이 가진 무한한 가능성의 문이 열릴 수 있다.

사람이란 꿈을 갖고, 그 꿈을 하나씩 실현해 나갈 때 가장 행복한 존재가 된다. 물론 꿈을 향한 항해에서 거친 폭풍과 암초를 만날 수도 있다. 그러나 청춘들이여, 그대들의 항해가 비록 험난할지라도 주눅 들지 않고 희망을 선택하기를 부탁한다. 도전의 항해에서 때론 실패해도 그것마저 삶에 소중한 영양분이 될 것이다.

순항이든 난항이든 꿈이 있고 목표가 있는 항해는 항해이지만, 순항이라도 꿈이 없고 목표 없는 항해는 표류하는 것이다. **청춘이 표**

류하지 않고 인생을 항해하려면 어떻게 해야 하는지를 고민하면서
이 글을 쓰기 시작했다.

꿈꾸는 모습 그대로 된다

이 시대의 만남은 '나와 너(ich und du)'의 만남보다는 '나와 사물
(ich und es)'의 만남이 되어 가고 있다. 그래서 청춘들은 숨겨진 자아
영역(hidden area)과 맹목적 자아영역(blind area)이 점점 커진 채 군중
속에서 외로움을 느낀다. 참된 자아 정체성을 고민을 해야 할 때 '스
펙 쌓기' 하느라 청춘의 정신과 마음은 메말라 가고 있다. 청춘의 목
마름에 관심의 물을 주고, 삶의 지혜를 나누어 줄 멘토가 그 어느 때
보다 필요한 시대다.

이 책의 작은 이야기들이 목마른 청춘 멘티들에게 희망의 샘물이
되기를 소망한다. 아파하고 불안해하는 청춘들이 이 책을 통한 멘토

링에 들어와서(Come on) 꿈꾸는 모습대로 되어(To be) 세상으로 힘차게 나아가길(Go ahead) 바란다. 또한 인생의 길을 찾아 헤매는 청춘을 올바른 길로 안내해 주는 멘토들에게도 작은 도움이 되기 바란다.

이 시대를 살아가며 고뇌했던 바를 솔직하게 털어놓으며 집필에 도움을 주었던 8명의 멘티—산업디자인을 전공하는 박선하, 생물학을 전공하는 박선영, 전자전기 컴퓨터공학을 연구하는 우영찬, 기악을 전공하는 이슬기, 화학을 전공하는 이재명, 화학공학을 전공하는 이진욱, 신소재공학을 전공하는 정준교, 사학을 전공하는 조윤경—이들에게 감사한다.

사랑하는 멘티들에게 당부하고 싶은 바가 있다. 소유가치보다는 존재가치에 붙들린 사람이 되기를…. 비전의 돛을 높게 띄우며, 역경을 삶의 디딤돌로 삼고, 내 안에 있는 보석을 발견하는 광부가 되어 꿈꾸는 모습 그대로 이 시대의 큰 일꾼이 되기를 축복하고 기도한다.

2012년 봄을 기다리며
8명의 멘티와 함께
청춘 멘토, 이승한·엄정희

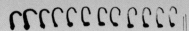

1. 나도 나를 잘 몰라

2. 사랑할 수 없는 나

3. 내면의 나를 달래 봐

4. 인생은 초콜릿 상자 같은 거야

5. 인생에는 여러 얼굴이 있어

6. 재미있는 놀이로 나를 발견해 봐

PART 1

나는 누구인가?

남들이 말하는 내가 참된 나인가?
내 스스로 아는 내가 참된 나인가?
아름다운 인생을 디자인하기 위해서 제일 먼저 해야 할 일은
무엇일까? 참 자아를 알아내는 일이다. 내 인생을 계획하고
이끌어 갈 주체는 그 누구도 아닌 나이기 때문이다.
깨어져 파편화된 자기가 아니라 응집된 자기를 찾아야 한다.

1 나도 나를 잘몰라

"여러분은 자신을 어떤 사람이라고 생각하나요?"

멘티들에게 이 질문을 던졌을 때 멘티들이 짓던 표정을 기억한다. 처음에는 갑자기 이런 질문을 받을 줄 몰랐다는 당혹스러운 표정이 스쳐 갔고, 그 다음에는 '나는 어떤 사람이지?'라고 스스로에게 되묻기라도 하는듯 표정이 심각해졌다. 그리고는 모두 말이 없다. 대답하기 곤란한 질문을 받은 사람들이 흔히 그렇듯 뭔가를 말할 것처럼 머뭇거리다가 침묵한다.

'나는 그냥 난데…. 어떤 사람이라고 할 게 있나?'

멘티들이 마음속으로 하는 말이 귓가에 들리는 것만 같았다.

누구나 중·고등학교를 다니던 10대 시절에 도덕이나 윤리 교과서에서 '자아 정체성'이라는 단어를 접했을 것이다. 이 거창한 단어는 대개 교과서의 첫 장에 등장한다. 그리고 자아 정체성이라는 단어 뒤에는 '나는 누구인가?'와 같은 문장이 반드시 따라 붙는다.

문제는 우리가 이러한 자아 정체성이나 '나는 누구인가?'와 같은 질문에 진지하게 답하는 시간을 갖지 못했다는 것이다. 그저 시험 문제에 나올 법한 대목을 외우고 과제를 잘해서 높은 점수를 받을 생각만 했다. 성적을 잘 받으려면 그렇게 하는 편이 훨씬 쉽다. 또 이 질문에 고민하거나 답하지 않는다고 해서 문제가 되지도 않았다.

10대 시절에 진지하게 고민했어야 할 문제를 가볍게 여기고 건너뛴 결과, 내부분의 20대 청춘들은 이 질문에 즉각 답하지 못한다. 뿐만 아니라 20대들에게는 너무 골치 아프고 대답하기 곤란한 질문, 그게 바로 '나는 누구인가?'다.

하지만 이 질문에 진지하게 고민하고 답하지 않고서는 아름다운 인생을 설계하고 디자인할 수도 없고 멋진 인생을 기대할 수도 없다. 인생의 주체이자 출발점인 '나'에 대해 깊고 폭넓게 이해하는 과정을 생략한 채 미래를 꿈꾸겠다는 것은 어불성설이다.

멘티들 가운데 가장 솔직하고 활달한 성격의 한 남학생이 침묵을 깨고 이렇게 대답했다.

"멘토님, 실은 저도 저 자신을 잘 모릅니다! 소크라테스가 네 자신을 알라고 했다는데 저는 한 번도 자신에 대해서 생각해 본 적이 없어요. 하하."

그의 솔직한 고백에 모두가 까르르 웃었다. 대답하기 어려운 질문에 임기응변으로 대응하지 않고 모르는 것을 모른다고 떳떳하게 밝힌 것이 오히려 고마웠다.

"그래요, 지금까지 생각해 본 적이 없으니 모르는 게 당연하죠. 그럼 지금부터 우리 스스로에 대해서 시간을 갖고 하나씩, 차근차근 생각해 봅시다."

우선 멘티들에게 '나는 누구인가?'라는 질문을 스스로에게 가급적이면 자주, 틈 나는 대로 던져 보라고 했다. 물론 몇 차례 고민한다고 해서 짧은 시간 안에 완전한 답을 찾기는 어려울 것이라는 말도 덧붙였다. 그렇다고 해도 20대 청춘들에게 '나는 누구인가?' 하는 문제를 진지하게 생각해 보는 시간은 반드시 필요하다. 세월이 흘러서 훗날, 지금을 돌아보면 학점을 관리하고 시험을 준비하던 시간보다 내가 누구인지를 고민한 시간이, 몇 배는 더 소중했다고 여기게 될 것이다. '나는 누구인가?'라는 질문은 '내 인생의 꿈은 무엇인가?'라는 질문과 직결되기 때문이다.

"멘토님, 저의 오래된 고민을 들어주시겠어요?"
어느 날, 멘티들 중 한 학생이 이런 제목의 메일을 보냈다. 그는 고민을 털어놓을 곳이 없어서 답답해하다가 상담을 요청하게 되었다고 했다. 조심스러우면서도 초조한 기색이 역력한 제목을 보면서 심각한 고민을 이야기할 것임을 알았다. 메일은 이렇게 시작된다.

멘토님, 지금부터 저의 오래된 고민을 멘토님께 털어놓을까 합니다.

저는 사춘기와 학창 시절을 매우 순탄하게 보냈습니다. 학교생활에 충실했던 학생이었고 집에서는 부모님의 기대를 저버리지 않는 아이였습니다. 흔히 말하는 모범생으로 원하던 대학에 입학했습니다. 그때까지 저는 세상을 다 얻은 것처럼 기뻤습니다. "공부 열심히 해서 좋은 학교에 가라, 그게 최고다." 어른들의 말씀을 충실하게 따랐던 저는 겉으로 보기에는 아무 문제가 없는 것 같았습니다. 대학에 입학해서도 학과 공부에 충실하며 성실하게 보냈습니다.

그런데 어느 날부턴가, 제 마음에 무슨 문제가 생긴 것인지 종종 멍해지고 가슴이 답답해지는 것을 참을 수가 없습니다.

그 시작은 이랬습니다. 어느 날 문득, 앞으로의 제 인생을 그려 봤는데 아무것도 보이지 않았습니다.

내일이나 한 달 뒤, 일 년 뒤의 제 모습은 대충 상상할 수 있었어요. 내일도 학교에서 수업을 듣고 도서관에 갔다가 과제를 하겠지요. 한 달 뒤에는 기말고사 준비로 밤을 새고, 일 년 뒤에는 졸업과 취업을 대비하느라 바쁘겠지요. 그런데 5년 뒤, 10년 뒤, 그리고 '내 인생'이라는 것을 그려 보려니 아무것도 보이지 않았습니다.

저는 그 순간, 커다란 충격을 받았습니다.

멘토님, 누구보다 하루하루를 성실하게 살았다고 생각했는데 이렇게 암흑 속에서 있는 것처럼 아무것도 보이지 않을 수도 있나요? 암담한 미래를 본 후로 저는 눈에 띄게 무기력해졌습니다. 오늘 하루를 열심히 사는 것도, 경쟁을 해서 이기는 것도 제게는 아무런 의미도 없는 일이 되었습니다.

제 앞에는 이뤄 내야 할 단기적인 목표만 있고 근본적인 꿈이 없으니까요. 목표를 하나씩 이루고 숱한 경쟁에서 이긴들 무슨 의미가 있을까요? 한 번 생각이 거기까지 미치고 나니 날로 우울해지고 미래에 대한 두려움만 커졌습니다.

멘토님, 꿈이 없고 그로 인해서 삶의 의미를 잃어버린 저는 이제 어떻게 해야 할까요? 저의 답답한 마음을 멘토님께서는 이해해 주실 것이라고 믿고 이렇게 상담을 청합니다.

요즘 20대가 말하는 스펙만 두고 보면 그는 누구에게도 뒤지지 않는 젊은이다. 명문대를 다니고 그 집단 안에서도 상위권으로 성적이 좋다. 그런데도 앞이 보이지 않는 것 같은 절망을 느꼈다니 이게 어떻게 된 일일까?

이메일을 보낸 멘티와 직접 만나서 이야기를 나눴다. 멘티는 자기 주변에는 자신의 고민에 동감하고 이해해 주는 사람이 없었다고 했다. 아니, 오히려 그 반대였다.

"스펙도 좋으면서 괜한 불평이네. 다른 애들은 다 너처럼 되고 싶어 할걸?"

"배부른 고민 같이 들리는데? 뒤늦게 사춘기라도 온 거야?"

고민을 이야기하면 듣는 사람들의 반응은 대체로 이랬다고 한다. 그래서 그는 친구들이나 주변 사람들에게는 마음을 털어놓을 수 없었다고 했다. 멘티의 편지를 읽고 제일 먼저 이렇게 일러 주었다. '내가 누구인가?'를 고민하고, 꿈이 없어 고민하는 것은 잘못이 아니라 청춘의 시작이다.'

청춘이 자신을 알지 못하고 꿈이 없어서 고민하는 것은 절대로 배부른 투정이나 불평불만이 아니다. 그것은 인생을 더욱 아름답게 디자인하기 위하여 반드시 필요한 과정이다.

2 사랑할 수 없는 나

나는 누구인가?

남들은 또 나에게 말하기를

불쌍한 하루를 지내는 나의 모습이

어찌나 평온하게 웃으며 당당한지

마치 승리만을 아는 투사 같다는데

남들이 말하는 내가 참된 나인가?

나 스스로 아는 내가 참된 나인가?

새장에 갇힌 새처럼 불안하고 그립고 약한 나

목을 졸린 사람처럼 살고 싶어 몸부림치는 나

색과 꽃과 새 소리에 주리고

좋은 말, 따뜻한 말동무에 목말라하고

방종과 사소한 굴욕에도 떨며 참지 못하고

석방의 날을 안타깝게 기다리다 지친 나

친구의 신변을 염려하다 지친 나

이제는 기도에도, 생각에도, 일에도 지쳐 공허하게 된 나

이별에도 지쳤다… 이것이 내가 아닌가?

나는 누구인가?

이 둘 중 어느 것이 나인가?

오늘은 이 사람이고 내일은 저 사람인가?

이 둘이 동시에 나인가?

　　독일의 목사이자 신학자인 디트리히 본회퍼(Dietrich Bonhoeffer)가 지은 〈나는 누구인가?〉라는 시의 일부다.

　　본회퍼는 신앙심이 깊고 나치에 저항해서 히틀러를 암살할 음모에 가담했다가 투옥되었을 정도로 정의로웠으나 '나는 누구인가?'라는 질문 앞에서는 한없이 나약한 인간의 모습으로 돌아가 치열하게 고민하고 번뇌했다.

　　이 시에서 그는 스스로에게 '나는 누구인가?'라고 거듭해서 묻는다. 그러나 끝내 그 답을 찾지 못하고 방황한다. 이러한 방황하는 모습에서 우리는 그의 자아 정체성이 흔들리고 있음을 짐작할 수 있다.

그렇다면 여기서 말하는 자아 정체성(ego-identity)이란 무엇인가?

한마디로 '이 세상에 단 하나뿐인 나에게 갖는 나에 관한 내 느낌'이 바로 자아 정체성이다. 다시 말해서 자아 정체성이란 행동이나 사고, 감정의 변화 속에서도 내가 누구인가를 일관되게 인식하는 상태를 말한다. 환경이나 상황이 달라져도 내가 나를 바라보는 시선, 이러한 변하지 않는 나에 대한 시선, 자아 정체성이 분명하고 흔들리지 않는다면, 스스로에게 이토록 분명하고 확고한 믿음을 가질 수 있다면 이 얼마나 멋진 일인가!

본회퍼가 '남이 말하는 나, 내가 아는 나, 둘 중에 어떤 나가 진짜인지 모르겠다'라고 고백한 것처럼 흔들리지 않는 자아 정체성을 갖기란 쉽지 않다. 더군다나 그 주체가 이제 막 20대를 지나고 있는 청년이라면 말할 것도 없다. 지금까지 우리가 만난 많은 청년들이 자신은 스스로를 사랑하지 않는다고 털어놓았다. 그들의 진심어린 고백을 듣고 왜 자신을 사랑할 수 없는지 그 이유를 말해 보라고 했다. 그러자 그들은 이렇게 대답했다.

"저는 너무 나약하고 허점 투성이에요."

"남이 무심코 던진 말에도 상처 입고 작은 실패에도 의기소침해져요. 그래서 하루에도 몇 번씩 불안에 떨어요."

"남들이 나를 나쁘게 생각하지는 않을까? 내가 초라하고 멍청해 보이지는 않을까? 지금 하고 있는 일에 실패하는 것은 아닐까? 늘 이런 생각에 빠져 있어요."

　누구나 나약하고 부정적인 생각에 빠질 때가 있다. 하지만 유독 그 정도가 심각한 사람들이 있는데 그것은 그들의 마음속에 실재적 자아(real self) 대신에 거짓된 자아(false self)가 자리 잡고 있기 때문이다.

내 안에 있는 거짓 자아

　미국의 심리학자 에릭슨(Erikson)은 인간은 심리 사회적으로 여덟 단계를 거치면서 성장한다는 이론을 내놓았다. 신생아기에는 신뢰의 과업을 이루어야 하고, 유아기에는 자율성을, 초기 아동기에는 자발성을 키워야 한다고 했다. 또 중기 아동기에는 근면성, 청소년기에

는 정체성, 청년기에는 친밀감, 중년기에는 생산성, 노년기에는 자아 통합의 과업을 이루어야 한다고 주장했다.

만약 어떤 이가 청년기에 자아 정체성과 친밀감 등의 과제를 잘 이루어 내지 못하면 그 사람은 오랜 시간 거짓된 자아의 탈을 쓰고 살아가게 될지도 모른다. 즉, 자기 자신을 찾지 못한 채, 외부화(deselfment)되어 살아갈 수 있다. 외부화란 자기 내면에서 진정한 자아를 찾지 못하고 자아가 아닌 다른 대상에 집착하며 방황하는 것을 의미한다.

외부화된 사람들은 우리 주변에서도 쉽게 찾을 수 있다. 삶의 공허함을 메우기 위해서 성에 몰두하는 사람이 있고 인터넷이나 마약, 쇼핑 중독에 빠지는 사람도 있다. 혹은 강한 소속감을 통해 허무감을 달래고자 몸부림치기도 한다. 그런데 안타깝게도 이들이 외부의 대상에 집착할수록 허무감은 더욱 커진다. 자아 확립이라는 근본적인 문제를 해결하지 못하는 한, 허무감에서 벗어날 수 없다.

이렇게 자라난 거짓 자아는 자기 자신을 사랑하지 못하게 방해한다. 나아가 거짓 자아는 우리를 열등감과 자신감 부족, 자기혐오의 구렁텅이로 밀어 넣고 비통함마저 느끼게 한다. 이 비통함은 분노를 일으키는 가장 큰 원인이 된다. 여기에 우연한 계기가 작용해서 분노가 외부로 투사되면 폭력이나 범죄가 되고, 내부로 투사되면 중독이나 우울증이 되는 것이다.

앞서 고민을 털어놓았다는 멘티 역시 가벼운 우울증을 앓고 있다고 고백했다. 그의 경우는 거짓 자아가 크게 발달된 것은 아니었기에 우려할 정도는 아니었다. 하지만 여기서 분명하게 짚고 넘어가야할 것이 있다. 내가 누구인지 몰라서 혹은 꿈이 없어서 공허함을 느끼는 젊은이들은 이제부터라도 내가 누구인지 알고 올바른 자아상을 만들고자 노력해야 한다. 그래야 공허함과 허무함으로부터 벗어나 꿈을 꿀 수 있다. 올바른 자아상을 만들기 위해서는 먼저 자신의 내면부터 들여다봐야 한다.

껍질이 아닌 내면을 보라

푸에르토리코 국립미술관 전시실에는 유명한 그림 하나가 걸려 있다. 〈노인과 여인〉이라는 이름의 작품으로, 검은 수의를 입은 노인이 젊은 여자의 젖을 빨고 있는 모습을 형상화한 것이다. 이 그림을 처음 본 사람들은 눈살을 찌푸리기도 하고 불쾌함을 느끼며 비난을 퍼붓기도 한다. 사형 집행을 기다리면서도 성에 집착하는 범죄자라고 그림 속의 노인을 오해해서다.

그러나 이 작품의 배후에는 가슴 아픈 가족애가 숨어 있다. 수의를 입고 있는 노인은 젊은 여인의 아버지다. 그는 푸에르토리코의 자유와 독립을 위해 싸운 투사였다. 그러나 독재 정권의 앞잡이들에게 체

포당해 옥에 갇힌 뒤로 금식령이 내려져 서서히 굶어 죽어 간다.

그때 해산한 지 며칠 되지 않은 딸이 아버지 소식을 듣고 감옥을 찾았다. 아버지의 임종을 지키고자 힘들게 감옥까지 찾아온 딸은 아무것도 먹지 못해서 뼈만 앙상하게 남은 아버지를 보며 눈물을 흘렸다. 그녀는 가슴을 풀고 아버지의 입에 불은 젖을 물렸다. 나라의 독립과 자유를 위해 죽어 가던 아버지는 딸의 아름답고 뜨거운 사랑을 느끼며 생을 마감한다. 이렇듯 〈노인과 여인〉은 독립투사 아버지와 효성 지극한 딸의 마지막 모습을 재현한 그림이다.

이렇게 슬픈 내면의 스토리가 있음에도 많은 사람들은 〈노인과 여인〉의 주제를 곡해한다. 그것은 우리가 겉으로 보이는 것으로만 모든 것을 판단하기 때문이다.

　우리는 일상에서도 하나의 현상만 보고 판단하는 실수를 저지르곤 한다. 이러한 실수는 어떤 사람의 외양이 번듯할 때 더욱 두드러진다. 겉으로 보기에 어려움이 없어 보이는 사람, 모든 것을 다 갖춘 사람은 내면 역시 평온할 것이라고 섣불리 판단한다. 하지만 이것은 크나큰 착각이 아닐 수 없다. 반대의 경우도 마찬가지다.

　내면은 외양보다 훨씬 중요하다. 우리가 안고 있는 수많은 문제의 답은 외양이 아닌 내면에 있다. 내면을 주의 깊게 살펴보면 외양을 볼 때와는 전혀 다른 결과를 얻을 수도 있고 자신을 더 깊이 이해할 수도 있다. 이는 결국 자신과 화해하고 스스로를 사랑하는 것으로 이어진다.

3 내면의 나를 달래 봐

"사람이 온다는 건 실은 어마어마한 일이다. 한 사람의 인생이 오기 때문이다."

정현종 시인의 시 〈방문객〉의 한 구절이다. 두 문장으로 이루어진 구절이지만 많은 사람들이 이 짤막한 시구에 크게 감동을 받는다.

시가 우리에게 전달하는 메시지처럼, 우리 한 사람 한 사람은 실로 어마어마한 존재다. 왜냐하면 인간의 내면은 마치 우주와도 같기 때문이다. 우주처럼 무한정 크고 넓으며 복잡하고 알 수 없는 것이 내면이다.

이렇게 우주처럼 드넓은 우리의 내면에 무의식의 영역이 있다. 무의식의 영역을 처음 발견한 사람은 정신분석학의 창시자로 유명한 지그문트 프로이트(Sigmund Freud)다. 프로이트는 우리의 정신세계는 의식과 무의식으로 나뉜다고 주장했다.

언뜻 짐작하기에는 만물의 영장인 인간은 무의식보다 의식의 영향을 많이 받고 의식에 따라서 행동할 것 같다. 그러나 프로이트는 이와 상반되는 주장을 펼쳤다. 프로이트에 의하면 의식이 작은 섬이라면 무의식은 망망대해다.

한 가지 예를 들면 우리가 하는 행동에는 결코 논리적으로 설명할 수 없는 것들이 있다. 불안할 때 손톱을 뜯거나 거짓말할 때 눈동자가 흔들리고 자신감이 없을 때 자기도 모르게 목소리가 작아진다. 이러한 행동들은 우리의 의지와 상관없이 불쑥 나타나는데 이는 우리가 무의식에 영향을 받기 때문이다.

우리가 하루 동안 어떤 행동을 하는지 떠올려 보자. 의식적으로 하는 행동이 많을까, 무의식적으로 하는 행동이 더 많을까? 무의식적으로 하는 행동이 압도적으로 더 많다. 우리는 무의식보다 의식의 영향을 더 많이 받는다고 착각하지만 사실 의식적으로 하는 행동은 빙산의 일각일 뿐이다.

무의식이라는 것은 알면 알수록 재미있고 신기하다. 무의식을 이루고 있는 내용물을 살펴보면 본능 에너지, 공격적인 욕구, 고통스러운 상처, 상징적인 의미 체계와 의미 작용 등이 있다. 여기에 한 가지 더 보태서 무의식의 성격을 살펴보면 불변성, 역동성, 비논리성, 회귀성, 본능성 등이 있다. 쉽게 말해서 무의식은 본능적이고 고통스러운 것들로 가득한 영역이다. 무척 비이성적이면서도 절대로 변하지 않고 한 번 억압된 것은 반드시 돌아오는 성격을 보인다.

우리 내면의 어두운 부분이나 상처에 대해서 알고 싶다면 의식과 무의식 중에 어디를 파헤쳐야 할까? 무의식이다. 세월이 흘러서 잊어버렸거나 저절로 사라졌다고 착각하는 상처가 앞서 설명한 무의식의 영역에 고스란히 새겨져 있다. 따라서 나의 내면에 어떤 문제가 있는지 알고자 한다면, 무의식에 기록된 상처를 들여다보아야 한다.

여기까지 알았으니 이제 무의식이라는 우주 속으로 걸어 들어갈 차례다. 무의식을 탐험하며 깊은 곳에서 웅크리고 있는 자아를 달래 주자. 그리고 미처 돌보지 못했던 상처도 치료해 주자. 내면의 저편에서 상처받은 채로 울고 있는 내면아이를 달래 주면 우리는 삶의 활기를 회복할 수 있다.

더 나아가 진정으로 나를 사랑할 수 있고 내가 누구인지도 알 수 있을 것이다.

나 자신을 알게 되면 타인을 이해하게 되고, 타인을 이해하게 되면 타인을 도울 수 있는 에너지가 생긴다. 짧은 인생을 살면서 남을 도울 수 있는 존재로 설 수 있다면 참으로 큰 축복이 아닐까?

내면의 상처를 치유하려면 성인자아가 어버이자아가 되어 내 안에서 울고 있는 상처받은 내면아이를 보듬어 주어야 한다. 그러나 더 적극적 방법은 자신의 무의식 세계로 들어가 거짓 자아를 밀어내고 그 자리에 긍정적인 자아상을 세우는 것이다. 이 긍정적인 자아상이 확고하게 자리를 잡아야 '나는 누구인가?'라는 질문에도 답할 수 있다.

긍정적 자아상 만들기

생각은 행동을 만들고
思想改變行動　Mindset changes Behavior
행동은 습관을 만들고
行動改變習慣　Behavior changes Habit
습관은 인격을 만들고

習慣改變人格　Habit changes Personality

인격은 인생을 만든다

人格改變運命　Personality changes Fate

생각은 실로 우리 인생을 만들어 간다.

자신을 어떻게 생각하고 있는가 하는 자아 개념은 자신의 인생에서 과거 경험의 해석자요, 현재 행동의 명령자요, 미래 사건의 예측자가 되는 것이다.

이제 긍정적 자아상을 만드는 방법 몇 가지를 제시한다.

첫째, 항상 자기 자신을 사랑하라.

자신을 사랑해야 남을 사랑할 수 있는 에너지도 생긴다. 자기 자신과 평화롭게 지낼 때, 타인과 평화로울 수 있다. 어떤 경우에도 스스로를 궁지로 몰아넣지 말고 자책하지 말고 자긍심을 가져라. 프랑스의 심리치료사 에밀 쿠에는 자기 암시요법을 주장했다. "나는 날마다 모든 면에서 점점 더 좋아지고 있다"라는 말이 결국은 자신을 발전시킨다고 보는 것이다.

둘째, 자신의 성공 각본을 그림처럼 그려 보라.

내가 존경하는 인물, 본받고 싶은 인물의 삶을 벤치마킹해서 인생의 성공 각본을 써보자. 놀랍게도 내가 누구인지 내 꿈이 무엇인지 어느새 그 모습이 그려지기 시작할 것이다.

나다니엘 호손이 쓴 〈큰바위 얼굴〉이라는 소설에 나오는 어린 소년이 그랬던 것처럼 간절한 바람을 구체적으로 그려 보면 그 꿈이 이루어진다.

셋째, 인생의 컵에 물이 반이나 남아 있다고 바라보라.

같은 양의 물이 담긴 컵이라도 바라보는 시각에 따라서 다르게 해석된다. 물이 "반밖에 없다"는 쪽에 서지 말고 "반이나 남아 있다"고 보는 쪽에 서라. 세상의 모든 사물은 보는 이의 시각에 따라 서로 다른 존재가 되고 서로 다른 의미를 지니게 된다.

장미를 볼 것인가, 가시를 볼 것인가? 장미를 보면 아름다운 화원이지만 가시를 보면 위험한 가시밭일 뿐이다. 무조건 매사를 긍정하라는 뜻이 아니다. 비판적이고 합리적인 사고 끝에 도달한 긍정이 진짜 긍정임을 기억하라.

넷째, 내 안에 있는 상처받은 내면 아이를 치유하라.

가슴에 맺힌 고통의 멍울이 꽃망울이 될 수 있도록 상처를 위로하고 치유하라.

성인자아가 치료의 손길이 되어 어릴 적 상처를 보듬어 그 상처가 오히려 자신이 딛고 일어서게 되는 디딤돌이 되도록 하라. 시인 복효근은 "잘 익은 상처에서는 꽃냄새가 난다"라고 말했다. 그 구절처럼 그 상처가, 그대가 도약하는 스프링보드가 되도록 하라.

다섯째, 비합리적 시각에서 벗어나라.

'과거의 사건들이 지금의 내 행동을 결정한다'는 그릇된 신념은 개인사, 유전적 배경, 그리고 삶의 중요한 사건 때문에 자신은 변할 수 없다고 믿게 만든다. 이런 시각에 사로잡히면 불행한 과거에 붙들려 인생을 낭비하기 쉽다.

이럴 때는 의식의 전환이 필요하다. 시각의 전환을 자신의 삶에 적용했던 사람이 바로 안데르센이었다. 매춘부 어머니, 어머니의 포주인 외할머니, 광기의 정신발작을 일으키는 아버지 등 그의 삶은 세상의 불행을 모두 모아 놓은 불행의 종합 선물 세트였다. 처참한 환경 속에서도 그는 삶을 바라보는 시각을 전환해《눈의 여왕》《인어 공주》《성냥팔이 소녀》같은 아름다운 동화를 쓰며 자신뿐 아니라 많은 사람에게 긍정적 자아상을 일깨워 주었다.

여섯째, '나는 무엇이든 할 수 있다' 아침마다 외쳐라.

우리 집 딸아이가 다니던 유치원에는 원훈이 세 개 있었다. '나는 생각을 잘한다' '나는 소중한 사람이다' '나는 무엇이든 할 수 있다'였다. 딸아이가 유치원에서 아침마다 원훈을 외울 때마다 절절이 공감하던 기억이 난다.

나라는 존재는 이 세상에 단 하나인 유일한 존재다. 그 어느 누구도 나를 대신할 수 없다. 그것 하나만으로 나는 소중한 존재이기에 역경이 다가와도 주눅 들지 말고 당당히 나가라. 내가 살아온 날을 뒤돌아 볼 때 의지가 있는 곳에 길이 있었음을 고백한다. 꿈을 버리지 않는 한, 내가 나 자신을 포기하지 않는 한, 그대는 무엇이든 할 수 있다고 확신하고 나아가라.

내면의 상처를 보듬어 상처의 멍울을 걷어내고 그 자리에 긍정적 자아상으로 채우라.

《레이첼의 커피》에 등장하는 인물 핀다의 말처럼, 우리 인생은 갈등을 찾으면 갈등을 만날 수밖에 없고, 세상을 골육상쟁의 장으로 보면 덩치 큰 개를 만날 수밖에 없는 법이다.

하지만 다른 사람들의 좋은 면을 찾으면 그들의 자원, 창의성, 선함을 발견하게 될 것이고 세상이 다르게 보일 것이다. 나와 세상을 아름답게 만드는 비밀은 바로 나에게 달려 있다.

4 인생은 초콜릿 상자 같은 거야

"인생은 초콜릿 상자와 같아서 무엇을 집을지 아무도 모른다(Life is like a box of chocolates, You never know what you are going to get)."

영화 〈포레스트 검프〉에서 인생의 테마에 대해서 언급하는 대목이다. 오래전 영화지만 〈포레스트 검프〉는 인생을 따스한 시각으로 바라보게 하고 가슴에 남을 주옥같은 명대사가 많은 명작이다. 이 대사는 지적 장애를 가진 포레스트에게 어머니가 들려 주는 조언이자 삶에 관한 교훈이다. 거창하지도 않고 심오하지도 않은 이 대사가 오랜 세월, 많은 사람들에게 회자되는 것은 아마도 이 한마디에 인생의 진리가 담겨 있기 때문일 것이다.

먹어 보지 않고서는 맛을 알 수 없는 각기 다른 맛의 초콜릿이 담긴 상자가 있다고 생각해 보자. 우리는 초콜릿의 겉만 봐서는 맛을 짐작할 수 없다. 속에 아몬드나 과자가 들었을 수도 있고, 쌉쌀한 맛이 감도는 다크 초콜릿일 수도 있다.

인생도 이와 같다. 주변을 둘러보면 누구나 비슷하게 사는 것 같다. 아침에 눈을 떠서 회사나 학교로 향하고 각자 맡은 일을 하면서 산다. 겉으로는 똑같아 보이는 삶이지만 사람마다 그 안에 담긴 주제는 모두 다르다. 우리 인생의 주제는 상자 안에 담긴 초콜릿만큼 다양하고 내용도 제각각이다. 그리고 초콜릿을 먹어 보기 전에는 그 맛을 알 수 없는 것처럼 인생을 경험하기 전에는 절대로 인생의 의미를 알 수 없다.

'인생이란 무엇인가?'라는 질문이 '나는 누구인가?'라는 질문만큼이나 듣는 사람을 당혹스럽게 한다는 것을 잘 알고 있다. 뜬구름 잡는 것 같은 이런 질문이 필요하냐고 반문하는 사람들도 있을 것이다. 그럼에도 이 질문에 대한 대답은 '그렇다'이다.

이 시대의 청춘들이 자신이 가야할 길이나 방향을 잘 모르는 데는 여러 이유가 있다. 주된 이유 중에 하나는 젊은이들이 뜬구름 잡는 질문에는 답하지 않기 때문이다.

'뜬구름을 잡는다'라는 표현 자체가 부정적인 의미로 쓰이고, 뜬구름을 잡는다고 하니 답도 없는 질문을 주거니 받거니 하며 시간을 낭비하는 것처럼 느껴질지도 모른다. 그러나 사실은 그렇지 않다. 뜬구름 잡는 질문에 답을 많이 하는 사람일수록 남들보다 더 멋진 인생을 설계할 수 있다.

고대 그리스에는 뜬구름 잡는 이야기를 주고받는 것을 직업으로 삼는 사람들도 있었다. 그들이 바로 오늘날 서양철학의 기반을 닦은 소피스트다. 그들은 뜬구름 잡는 질문에 답하며 형이상학적인 개념들을 하나씩 확립해 나갔다. 이러한 과정을 거쳐서 정의된 개념이 인문학, 과학, 예술 등 인간의 삶에 꼭 필요한 학문의 기초가 되었다.

'인생이란 무엇인가?'라는 질문도 마찬가지다. 우리는 뜬구름 잡는 이 질문에 답해야 한다. 그래야 우리 인생의 기초를 세우고 '나는 누구인가?'라는 명제를 더욱 깊이 파헤칠 수 있다.

멘티들에게 인생이 무엇이라고 생각하는지 물으면 그들은 대체로 이렇게 반응한다.

"인생에 대해서 아는 바가 없어요."

"인생이 이렇다고 말하기에는 아직 어린 나이인 것 같습니다."

"돌아보면 제 인생은 학교를 다닌 경험이 전부입니다. 아직도 학교를 다니고 있고요. 그래서 섣불리 인생에 대해서 논할 수가 없습니다."

청춘, 인생의 의미를 깊이 깨닫기에는 아직 젊고 경험이 적을 수 있지만 내가 생각하는 인생에 대해서, 내가 살고 싶은 인생에 대해서는 이야기할 수 있다. 지금 당장, '인생이란 무엇인가?'라는 질문의 답을 떠올려 보자.

나에게 인생이란 _____이다.

여러분은 이 질문에 대해서 생각나는 대로, 자신만의 방식으로 자유롭게 답해 보라. 여러 가지 생각을 한꺼번에 적어도 되고 오랜 시간 심사숙고해서 적어도 좋다. 생각이 달라지거나 더 좋은 생각이 나면 기존의 답을 수정해도 된다.

중요한 것은 오랜 시간 동안, 다양한 방식으로, 이 질문의 답을 풍부하게 생각해 보는 것이다. 왜냐하면 인생의 정의에는 정답이 없고 여러 가지 대답들 중에서 본인이 가장 마음에 드는 정의 한 가지를 찾을 수 있기 때문이다.

멘티들에게 '인생이란 무엇인가?'라는 만만치 않은 질문을 던졌더니, 그들은 이 문제에 대해서 골똘하게 생각하고 재미있는 대답들을 내놓았다.

나에게 인생이란 마라톤이다.

이렇게 답한 멘티의 경우, '마라톤'이라는 명사 하나를 이용해서 매우 간략하게 인생에 대해 정의를 내렸다. 하지만 우리는 이 짤막한 대답 속에서 이 문장의 주인이 인생을 어떻게 바라보고 어떻게 대하는지를 유추할 수 있다.

이 문장의 주인은 왜, 인생을 마라톤에 비유했을까? 단순히 마라톤을 좋아하는 사람일 수도 있고 평상시에 마라톤을 하다가 '인생이 곧 마라톤이 아닐까?' 하는 깨달음을 얻었을 수도 있다.

우선 이 문장의 의미를 유추할 수 있는 유일한 단서인 '마라톤'에 주목해 보자. 마라톤은 육상 종목 안에서도 가장 긴 거리를 달리는 운동이고 완주하기까지 커다란 고통이 뒤따른다. 올림픽에서는 폐막과 함께 마라톤 우승자에게 월계관을 씌워 주는데 다른 종목의 우승자들과 마라톤 우승자를 차별 대우를 하는 것도 이러한 이유 때문이다.

따라서 이 문장의 주인은 인생을 단거리가 아닌 장거리로 보고 달리기 때문에 만에 하나 초반에 기록이 부진할지라도 절망하지 않고 부단하게 노력할 것이다.

나에게 인생이란 아직 오지 않은 내일이다.

이 문장은 앞서 소개한 문장보다 조금 더 깊은 생각을 요구한다. 앞의 문장이 '마라톤'이라는 하나의 명사로 인생을 정의했다면 이 문장은 '아직 오지 않은 내일'이라는 자신만의 수사로 인생을 표현했기 때문이다.

　일단, 여기서 말하는 '내일'은 현재의 시점에서 보면 미래를 가리킨다. 하지만 통상적으로 봤을 때 우리는 내일을 먼 미래가 아니라 가까운 미래라고 생각한다. 그러므로 이 문장을 쓴 사람은 먼 미래가 아닌 가까운 미래를 내다보며 그 미래에 희망과 기대를 걸고 있는 것이다.

　이렇게 뜬구름 같은 인생에 대해 간략하게 답을 해보는 것만으로도 내가 평소에 어떤 시각으로 인생을 바라보고 있는지 돌아보는 좋은 기회를 가질 수 있다.

　청춘은 에너지가 넘친다. 인생이나 삶에 대해서 생각하는 것이 골치 아프고 사색보다는 밖으로 나가서 사람들을 만나는 것이 더 즐거울 수도 있다. 하지만 청춘의 계절에 인생과 삶에 대해 끊임없이 생각하기를 간과해서는 안 된다. 하루 중 어느 때든, 아주 짧은 시간이라도 좋으니 인생이 무엇인지를 생각하는 사색의 시간을 가져 보길 바란다. 초콜릿 상자 속에서 어떤 인생을 꺼낼지 궁금하다.

　나에게 인생이란 _____이다.
　검색이 아닌 사색으로 빈칸을 채워 보라.

5 인생에는
여러 얼굴이 있어

인생은 그 자체로 위대하다. 그리고 예상하지 못했던 일이 일어나서 우리를 놀라게 한다. 인생은 아이러니하고 너무나 비극적인 반면에 아름답고 깜짝 놀랄 선물을 받는 것처럼 행복을 선사하기도 한다.

인격적으로 성숙한 사람들은 인생의 여러 가지 면을 두루 알고 있다. 자신의 삶을 긍정할 뿐더러 남의 인생에 대해서도 관대하다. 젊은이들이 인생의 다양한 면을 이해해야 하는 이유도 바로 이 때문이다. 인생이 어떤 것인지에 대해서 두루 알고 있는 사람은 커다란 위기가 찾아와도 극복할 수 있고 또 반대로 행복에 겨운 순간에도 자만하지 않는다.

이제, 다양한 인생에 대해 이야기를 나누어 보자. '이런 인생을 산

사람도 있구나!' 하고 깨달음을 얻고, 이들의 삶에 나 자신을 투영하고 생각하는 시간을 갖길 바란다.

비극적인 생애, 영원한 예술

빈센트 반 고흐(Vincent Van Gogh). 미술에 관심이 없는 사람이라도 인상파 화가하면 바로 이 이름이 떠오를 것이다. 화려한 유명세와 다르게 생전에 그는 무척이나 불행한 사람이었다.

고흐는 네덜란드의 어느 작은 마을에서 목사의 아들로 태어났다. 원래 꿈은 아버지와 같은 목사가 되는 것이었다. 하지만 예술가들이 대개 그렇듯 감정의 기복이 심하고 심리 상태가 불안정해서 꿈을 이루지 못했다.

고흐는 일평생, 아버지와 커다란 불화를 겪었다고 한다. 20대의 고흐는 사랑에도 실패하고 아버지와 갈등하면서 힘겨운 나날을 보냈다. 방황과 가난이 그렇잖아도 심약한 고흐를 더욱 불행하게 만든 것이다.

"형의 그림은 독특한 데가 있어. 이제라도 그림을 그려 보는 게 어때?"

희망 없는 나날을 보내던 고흐에게 그의 동생 테오는 그림을 그려보는 것이 어떻겠느냐고 제안했다. 그는 동생의 권유로 화가로서는 매우 늦은 나이라고 할 수 있는 서른이 되어서야 그림을 그리기 시작했다.

고흐가 비극적으로 생을 마감한 것이 37세였으니 그가 그림을 그린 시간은 7년 남짓이다. 그는 이 짧은 세월 동안 약 875점의 회화와 1,100점의 데생을 남길 정도로 창작열을 불태웠다. 가난과 우울증으로 괴로웠던 고흐의 인생에서 예술은 유일한 돌파구였기 때문에 그는 오직 그림을 통해서 자신의 천재성을 마음껏 발휘했다.

하지만 그는 생애 마지막 1년을 무척 고통스럽게 보냈다. 가끔씩은 그림을 그릴 수 있을 정도로 정신이 온전해졌고 그림을 그리는 동안은 행복해했으나 정신착란으로 발작을 일으킬 지경에 처하고 만다. 결국 그는 스스로 생 폴드 모졸 정신병원에 들어가 1년간 치료를 받기로 결정한다.

정신병원에서 보낸 1년만 놓고 봐도 고흐의 인생은 정말 아이러니하다. 그가 생의 마지막을 보냈던 방은 고작 서너 평이나 될까 말까 한 곳이었다. 그 방에는 좁은 침대와 나무 의자 한 개만 덩그러니 놓여 있었다고 한다. 파렛트와 물감, 캔버스와 붓 몇 자루 그리고 고흐가 즐겨 피웠던 파이프 담배, 그가 입었던 낡은 옷이 세간의 전부였을 정도로 그는 고독하고 비참하게 살았다. 그런데 그는 이 비좁은 병실 겸 작업실에서 미술사에 길이 남을 걸작의 대부분을 그렸다.

고흐의 인생은 비참하지만 동시에 위대하다. 고흐가 살아 있을 때는 그 누구도 그를 존경하지 않았고 부러워하지 않았다. 누군가에게 고흐와 같은 인생을 살겠냐고 물었을 때 그러겠다고 대답하는 사람은 한 명도 없었을 것이다.

그러나 그의 예술혼은 오늘날에도 살아 있다. 수많은 사람들이 그의 그림에 감동하고 그를 위대한 예술가로 기억하는 이유는 그의 예술혼이 고통 속에서 꽃을 피웠기 때문일 것이다.

그의 빛나는 예술 작품처럼 그가 어려운 환경에서도 그의 마음을 빛나게 했다면 어땠을까? 예술의 감동을 삶과 자아로 이끌어 오지 못한 고흐를 보며 당신의 인생에 어려운 환경이 닥쳤지만 반짝이는 예술적 능력이 주어진다면, 당신은 어떤 선택을 할 것인지 생각해 보길 바란다.

절망 속에서 핀 희망의 꽃

로베르트 슈만(Robert Schumann)은 절망 속에서 희망을 꽃피운 위대한 작곡가로 오늘날까지 추앙받고 있다. 그는 독일의 츠비카우라는 지방에서 태어나 일곱 살 때부터 이미 피아니스트로서의 천재성을 드러냈다. 열여섯 살에 아버지가 돌아가시고 어머니의 바람대로 대학에 들어가 법을 공부했다. 하지만 음악에 대한 미련을 떨칠 수가 없었던 그는 스무 살 무렵에 본격적으로 음악을 공부했다. 그는 프리드리히 비크(Friedrich Wieck)를 스승으로 모시고 그의 집에 머물며 피아노를 배웠는데 이곳에서 비크의 딸인 클라라를 만나 운명 같은 사랑을 했다.

슈만은 비크의 가르침을 받으며 하루빨리 훌륭한 피아니스트가 되어 자신의 연주를 세상에 선보이고 싶었다. 그런데 과도한 의욕이 화를 부르고 말았다. 타인의 평가와 이름을 알리는 것에 집착했던 슈만이 무리하게 피아노를 연주하다가 그만 손가락을 다친 것이다.

"이 상태로는 더 이상 연주를 할 수 없겠네. 아쉽지만 피아니스트가 될 생각은 접는 게 좋을 거야."

피아노를 포기하라니, 슈만에게 그것은 청천벽력과도 같은 소리였다. 슈만은 하루아침에 꿈을 잃고 기나긴 방황을 시작했다. 오직 훌륭한 피아니스트가 되기 위해서 고군분투하던 날들이 떠올랐다.

피아니스트가 될 수 없다면 더 이상 살아야 할 의미도 없었다. 그러던 어느 날, 슈만보다 아홉 살이나 어린 비크의 딸 클라라가 건넨 한마디가 그를 다시 일으켜 세운다.

"피아노를 칠 수 없다면 작곡을 하면 되잖아."

클라라의 말이 맞았다. 슈만은 천재적인 피아니스트였던 동시에 작곡에도 탁월한 소질이 있었다. 작곡을 해보고 실패한 뒤에 방황해도 늦지 않다. 인생에서 절망이나 방황은 최후로 미루어 두어야 한다.

슈만은 클라라의 조언에 희망을 얻어 작곡에 몰두했고 그 결과 피아노 모음곡 〈나비〉를 완성한다. 슈만은 흡족해하며 자신이 작곡한 곡을 클라라에게 보여 주었다. 피아니스트로서 대단한 재능을 갖고 있었던 클라라는 슈만이 작곡한 곡을 연주했다. 슈만이 창조한 낭만주의 음악을 최초로 이해하고 연주한 사람이 바로 슈만에게 희망을 주었던 클라라였던 것이다.

일련의 파란만장한 사건을 겪으면서 두 사람 간에 사랑이 싹트게 되었고 슈만은 스승 비크에게 클라라와의 결혼을 승낙해 달라고 한다. 하지만 비크는 유럽 최고의 피아니스트가 될 수 있는 클라라에게 슈만이 마땅찮은 상대라고 생각하고 둘의 결혼을 반대한다.

두 사람의 사랑이 결실을 맺기까지 슈만과 클라라는 숱한 어려움에 부딪쳤다. 하지만 슈만은 클라라와 멀리 떨어져서 그녀를 만날 수 없는 상황에서도 피아노 곡을 작곡해 그녀에게 보냈다. 클라라는 유럽을 다니며 슈만의 곡을 연주해 그의 작품을 세상에 알렸다. 그렇게 둘의 사랑은 예술이라는 매개를 통해 점점 더 깊어 갔고 마침내 두 사람은 결혼하게 된다.

슈만은 최악의 절망 속에서 희망을 찾았고 운명의 사랑도 얻었다. 인생에는 누구나 불행과 절망이 있다. 그러나 그것을 딛고 일어선 희망과 행복도 있다. 사는 내내 행복하기만 한 인생도 없고, 끝내 불행하기만 한 인생도 없다. 당신 앞에 불행이 놓여 있다면, 다음 차례는 행복이 있음을 기억하라. 불행을 넘어서야 행복을 만날 수 있다. 누구는 이렇게 말했다. 고통과 고난은 위장된 축복이라고.

인생의 쇼핑 리스트

미국의 존 고다드(John Goddard)는 근래에 유행하는 '버킷 리스트'를 오래전에 시작한 인물이다. 존 고다드가 아직 열다섯 소년이었던 1940년, 그는 식탁에 앉아 할머니, 작은 어머니의 대화를 듣게 되었다. 할머니는 '젊었을 때 그 일을 했더라면 좋았을 텐데'라는 말을 자주했다.

'나는 나중에 할머니만큼 나이가 들었을 때 절대로 후회하지 않는 삶을 살아야지.'
존 고다드는 어린 나이에도 할머니의 말을 듣고 이렇게 생각했다.

그리고 틈만 나면 꿈 목록을 만들었다. 자신의 희망사항을 하고 싶은 일, 가고 싶은 장소, 배우고 싶은 것 이렇게 세 가지로 나누어 목록에다 하나씩 적어 두었다.

존 고다드의 꿈 목록에는 마음만 먹으면 이룰 수 있는 일도 있었고 남이 보았을 때 불가능한 일도 있었다. 누군가는 허무맹랑한 꿈이라고 핀잔을 줄지도 모를 일도 그는 개의치 않았다. 그렇게 하나씩 추가해 나간 꿈 목록은 127개의 항목을 채움으로써 완성됐다. 존

고다드는 꿈 목록을 항상 지니고 다니면서 그 꿈을 모두 이루었을 때를 상상했다.

그는 이루기 쉬운 꿈부터 하나씩 실천해 갔다. 그의 꿈 목록에는 '몸무게 80킬로그램 유지하기'라든지, '인디언 언어와 비행기 조종술 배우기', 작곡, 세계 일주 등이 있었다. 꿈을 이루기 위해서는 성실함과 노력, 오랜 시간이 요구되었다.

존 고다드는 한걸음씩 정진했다. 하나씩 해낼 때마다 목록에 체크를 해나갔는데 47세가 됐을 무렵에 그는 104가지나 되는 꿈을 이루었다. 그는 남은 꿈을 모두 이루기 위해서 미국의 유명한 잡지 〈라이프〉의 편집장을 찾아가 자신의 꿈 목록을 제시했다.

"127가지의 꿈 중에 104가지를 이루었습니다. 남은 꿈을 모두 실현하는 것이 제 인생의 목표입니다."

존 고다드의 도전 정신과 성실함에 감명 받은 편집장은 그의 이야기를 〈라이프〉지에 실어 기사화했다. 꿈을 이루고자 부단한 노력을 멈추지 않았던 한 젊은이의 이야기는 수많은 사람들을 감동시켰고 독자들의 성원에 힘입어 〈라이프〉지는 잡지사가 생긴 이래 최고의 판매부를 올렸다.

결국 그는 모든 사람이 불가능한 꿈이라고 했던, '달 여행'까지도 모두 이루고야 말았다. 후에 그는 자신의 인생에 대해서 이렇게 말했다.

"저는 틀에 박힌 인생을 살고 싶지 않았습니다. 끊임없이 한계에 도전하고 싶었습니다. 마치 하늘을 비상하는 독수리처럼 말입니다. 이런 경험들을 통해 나는 행동하는 인간만이 누릴 수 있는 보람과 삶의 가치를 느낍니다. 지금, 당신의 인생을 돌아보십시오. 그리고 '만일 내가 딱 1년을 더 산다면 무엇을 할 것인가'에 대해 생각해 보십시오. 우리 모두의 마음속에는 각자가 하고 싶은 일이 있습니다. 미루지 말고 즉각 해봅시다."

존 고다드의 뚜렷한 꿈들은 그의 삶을 이끌었고 삶에 커다란 의미를 부여했다. 원하는 대로 되지 않는 것이 인생이라고 생각하는가? 여기 원하는 바를 모두 이루어 가는 사람이 있다. 중요한 것은 현실적인 여건이 아니라 원하는 바에 도전하는 강한 의지다.

6 재미있는 놀이로 나를 발견해 봐

앞에서 우리는 내가 누구인지 알아보는 시간을 가졌다. 사랑할 수 없는 내면의 상처를 치유하는 법과 나의 우주 속에서 바람직한 자아 상을 발견하면서 상자 속에 든 초콜릿처럼 인생도 그렇다는 것을 배웠다. 다른 사람의 삶을 통해 여러 다양한 인생이 있고 때로는 위기와 어려움이 기회가 될 수 있다는 것도 깨달았다.

고다드처럼 내 인생의 버킷 리스트를 만들기 위해서라도 먼저 자신이 어떤 사람이고 무엇을 원하는지 알아야 한다.

이번 장에서는 여덟 명의 멘티들과 함께 놀이를 통해 자아를 직접 발견하는 과정을 다루려고 한다. 세 가지 놀이는 나를 100자로 표현하기와 인디언 식 이름 짓기, 그리고 애니어그램이다.

첫 번째 놀이 –
100자로 소개하는 나

첫 번째 놀이는 '100자로 말하는 나 자신 발견하기'다. 이 놀이를 실제 멘토링에서 도구로 활용했다. 박선하 멘티는 율곡 이이가 지은 《자경문》의 한 부분, "항상 경계하고 두려워하며 홀로 있을 때도 생각을 게을리하면 안 된다. 글을 읽는 것은 옳고 그른 것을 분별하기 위한 것이니, 만약 이를 살피지 아니하고 오롯이 앉아서 글을 읽는다면 쓸모없는 배움에 지나지 않는다"에서 힌트를 얻어 100자 표현하기를 완성했다.

나	는	홀	로	있	을	때	에	도	생
각	을	게	을	리	하	지	않	고	더
나	은	내	가	되	고	자	배	움	을
멈	추	지	않	는	다	자	신	감	을
가	지	되	자	만	하	지	않	고	항
상	정	성	을	다	하	여	노	력	하
는	자	세	를	잃	지	않	도	록	한
다	내	가	배	운	것	은	주	위	에
베	풀	고	나	누	어	세	상	을	이
롭	게	하	는	데	이	바	지	한	다

다른 멘티들의 100자 자기 소개도 흥미롭다.

선영은 아는 것과 행하는 것의 차이가 없는 학자가 되고 싶다. 더 많이 배우고 더 많이 베풀어서 이 세상을 더 밝은 곳으로 만들 수 있는 빛이 되고 싶다.

세상을 꿰뚫어 보는 눈과 음지의 소리를 들을 수 있는 귀와 옳은 것을 말하는 입과 쉴 틈 없는 손발을 갖기를. (박선영 멘티)

나는 삶의 작은 것들에서 행복을 느끼는 사람이다. 행복은 우리의 일상 주변에서 시작된다.

항상 가까이 있었기 때문에 주의를 기울이지 못했던 그리고 익숙하던 우리 일상의 작은 일들을 변화시켜 사람들이 행복을 찾는 데 도움을 주는 좋은 사람이고 싶다. (우영찬 멘티)

나는 호기심이 많은 사람이다. 신재생에너지 분야의 전문가가 되는 것이 꿈이고 사람들이 꿈을 찾도록 도와 주고 싶다.

하나님의 인도하심 아래 신실한 가정을 이루며 나누고 베풀고 기도하면서 살아가고 싶다. 사랑이 가득한 사람이 되기를 소망한다. (이진욱 멘티)

나는 연주자로서 즐거움을 느끼고 전해 주는 삶을 살고 싶다. 그 삶 속에서 긍정이라는 가치를 붙잡고 역경과 고난도 잘 헤쳐 나가고 싶다. 나의 가족 친구 주변 사람들 모두에게 행복 바이러스를 전해 주는 밝은 사람이 되기 위해 끊임없이 노력할 것이다. (이슬기 멘티)

지금의 나는 새로운 도전을 하며 나의 사람들과 함께하여 행복하다. 보이지 않는 앞이 두려웠지만 이제는 그 두려움을 설렘으로 바꾸어 즐길 줄 아는 사람이 되어가고 있다. 오늘을 즐기며 내일에 설레는 이재명은 앞으로 나아간다. (이재명 멘티)

62

윤경이는 행복한 사람이고 싶다. 다른 사람의 행복을 같이 찾아주고 옆에서 같이 행복하게 웃어줄 수 있는 사람이 되고 싶다.
사막의 새벽을 혼자 견딜지라도 슬퍼하여 눈물 흘리기보다는 의연하게 견뎌 다른 이에게 하나의 희망이 되고 싶다. (조윤경 멘티)

나는 자연을 존중하는 사람이다. 내가 하고 싶은 일을 하며, 그 일이 환경을 보호하는 데 도움이 될 수 있었으면 좋겠다.
이 목표를 위해 지금은 부족하지만 자신을 조금씩, 하나씩 변화해 가려고 노력하는 중이다. (정준교 멘티)

"멘토님의 삶의 주제는 무엇입니까?"

멘티들의 아우성에 못 이겨 멘토가 직접 멘티들 앞에서 삶의 주제를 소개했다.

정희는 하나님을 높이고 이웃을 섬기며 나를 키우는 입체적 삶을 살고 싶다. 어떤 사람이 되는가 하는 문제와 어떤 일을 하는가 하는 문제가 조화된 삶을 살고 싶다.
떨어지는 새 한 마리 보듬을 수 있다면 내 삶 헛되지 않으리. 가슴에 품고 매순간 깨어 있고 싶다.

이 놀이를 실제로 해보면 '나는 누구인가?'라는 질문의 답을 구할 수 있을 것이다.

두 번째 놀이 –
인디언 식 이름 짓기

한 인디언 추장은 앞을 보지 못하는 병약한 어린 손자를 위해서 '푸른 말의 힘'이라는 별명을 지어 주었다. 이 이름은 눈으로 보는 세상 외에도 다른 세상이 있음을 알려 주며 푸른 세상의 힘을 실어 준다는 의미를 담아 손자를 위로하고 격려하기 위해 지어졌다.

이런 인디언 식 이름 짓기는 일종의 별명 만들기다. 흔히 별명은 타인의 약점을 놀리거나 상대를 깎아내리는 내용이 담겨 있지만 인디언 식 이름은 그렇지 않다. 인디언 식 이름은 오히려 상대방의 개성을 드러내면서 소망과 기도를 담는다.

멘토님의 인디언 식 별명은 무엇이냐고 멘티들이 또다시 질문 공세를 했다. 오래 전부터 정채봉의 〈만남〉이라는 시, "가장 아름다운 만남은 손수건과 같은 만남이다./ 힘이 들 때는 땀을 닦아 주고/ 슬플 때는 눈물을 닦아 주니까"라는 구절에서 힌트를 얻고 100자로 자신의 삶의 주제 적어 보기에서 나왔던 상담가로서의 나의 정체성 "떨어지는 새 한마리를 보듬어 줄 수 있다면 내 삶은 헛되지 않으리"를 통합하여 '어린 새의 아픔과 눈물을 닦아 주는 손수건'이 별칭이었으면 좋겠다고 생각했다.

이승한 회장의 인디언 식 이름은 사위가 지어 주었다.

"아버님이 은퇴 후에 하시고 싶어 하는 일이 e파란 재단을 통해 사회에 봉사하는 것이니까 'e파란 꿈돌이' 어떨까요?"

함께 식사하고 있던 딸과 나는 단번에 동의하였다.

'e파란 꿈돌이'라는 인디언 식 이름처럼 그의 남은 생이 이웃의 아픔을 품어내는 삶이 되기를 소망한다.

여러분도 여러분의 성격, 하는 일, 꿈에 어울리는 인디언 식 이름을 지어보길 바란다. 여덟 명 멘티들의 인디언 식 이름을 만나 보자.

파란 새벽을 부르는 바람(우영찬 멘티)

신호등의 '파란불'이 청신호를 나타내듯 자연과 안전을 상징하는 초록빛, 혹은 푸른빛이 되고 싶다. 변화를 이끌어내는 바람, 새벽 여명을 깨우는 바람이 되고 싶다. 새로운 변화를 불러올 수 있도록 생각하는 것과 행동하는 것에 자유로운 사람이 될 것이다.

어두움을 밝히는 촛불 하나(이진욱 멘티)

촛불 하나를 들고 어두움을 밝히는 모습은 마치 자연의 무궁무진한 어두움 속에서 진리의 횃불을 들고 원리를 알아가는, 내가 앞으로 되고 싶은 과학 연구자의 모습이다. 또한 어두움 속에 있어 도움이 필요한 사람들에 다가가는 사랑 실천자의 모습이기도 하다. 나는 내 마음속에 작지만 밝게 빛날 수 있는 촛불 하나를 가지고, 진리를 밝히고, 사랑을 실천하는 사람이 되고 싶다.

노래하는 손(박선하 멘티)

요즘 내 손은 피아노를 치며 즐겁게 노래하고 있다. 예전에는 공부를 하거나 그림을 그리는 등 이런 저런 활약을 하던 자랑스러운 손이었다. 우울한 날에 흥얼거리는 콧노래는 기분을 북돋워 주고, 무대에서 가수들의 노래는 사람들의 가슴을 울리기도 한다. 내 손이 글을 쓰고, 피아노를 치며 만들어가는 노래로 나 자신은 물론 많은 사람들도 함께 즐거워졌으면 좋겠다.

눈밭을 뛰어노는 아이 웃음(조윤경 멘티)

눈 오는 날 아이들이 뛰어 노는 모습을 보면 저절로 미소 짓게 된다. 추운 날씨에도 불구하고 힘든지 모르고 웃으면서 노는 순수함 때문이다. 추운 겨울과 같은 상황 속에서도 어린아이 같은 순수함을 지키며 열정을 잃지 않는 삶을 살자는 다짐을 담았다.

따뜻한 행복을 전하고 싶은 아기 호랑이(이슬기 멘티)

나의 친한 친구들은 나를 '쓸호랭'이라고 부른다. 생김새나 하는 행동이 호랑이가 연상된다고 해서 붙은 별명이다. 고등학교 때부터 쓸호랭이라고 불리워서 그런지 내 이름보다 친숙할 때가 많다. 흔히 호랑이는 동물의 왕이지만 왕인만큼 고독하고 차가운 느낌이 많이 든다. 내가 가지고 싶고 전하고 싶은 호랑이의 느낌은 따뜻하고 포근하면서 순한 아기호랑이다.

밝은 빛의 미소(이재명 멘티)

내 이름 '재명'은 있을 '在' 밝을 '明'으로 밝음이 있다는 뜻이다. 앞으로 만나게 될 많은 사람들에게 밝음을 전해 줄 수 있는 사람이 되고 싶다. 그를 위한 가장 좋은 방법은 미소라고 생각한다. 빛은 한 곳에서 시작하여 사방을 밝게 해준다. 나의 미소가 가진 밝음을 다른 사람들에게 전해 주고 싶다는 소망과 믿음이 있다.

신대륙을 찾아 떠나는 탐험가(박선영 멘티)

나는 내 자신을 기존에 있던 직업, 세계에 끼워 맞추고 싶지 않다. 세상에 이전에는 존재하지 않던 새로운 인간으로서의 나, 나로 인해 변화된 새로운 세상을 만들어 가고 싶다. 그런 이유에서 나 자신을 '탐험가'로 정의한다.

펭귄 옆을 지켜 서는 나귀처럼(정준교 멘티)

나귀는 내 별명이다. 펭귄은 에너지, 환경 분야 쪽에서 일하고 싶은 마음에서 나왔다. 지구 온난화로 북극곰뿐 아니라 남극의 펭귄도 살 터전을 잃고 있다. 펭귄을 지키기 위해서는 환경 보호에 힘써야 한다. 그 마음을 담아 '펭귄 옆을 지켜서는 나귀처럼'이라고 지었다.

세 번째 놀이 –
애니어그램으로 나의 성격 발견하기

애니어그램은 성격 유형을 총 아홉 가지로 나누어 놓은 성격지도다. 애니어그램으로 자기를 발견하고, 잠재되어 있는 능력을 개발하는 도구로 활용할 수 있을 것이다.

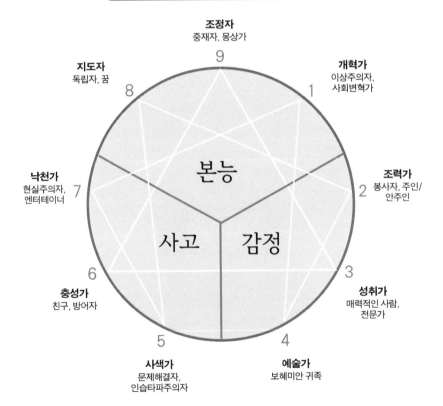

애니어그램으로 알아본 아홉 가지 성격 유형

애니어그램은 성격 유형을 1번부터 9번까지 번호로 매겨 아홉 가지로 나누고 있다. 아홉 가지의 다양한 성격을 '멘티 아홉 명과 멘토가 함께 떠나는 캠핑'이라는 사례로 설명해 보겠다.

멘티 아홉 명이 한 조가 되어 캠핑을 떠나야 한다는 소식을 들었을 때 아홉 명의 멘티들은 각기 다르게 반응한다.

1번 개혁가 유형은 완벽주의자라서 캠핑 일주일 전부터 캠핑에 필요한 준비물을 챙기고 목적지, 필요한 비용, 날씨, 캠핑 프로그램 등을 점검한다. 그런데도 어쩐지 준비가 덜 된 것 같아 멘토에게 전화를 해서 물어본다. "멘토님, 혹시 계획에 차질이 생기진 않을까요?"

2번 조력가 유형은 자기 준비물을 챙기기보다는 다른 멘티들에게 모일 시간과 장소, 일정에 대한 단체 문자를 보낸다.

드디어 캠핑 장소에 도착했다. 산 정상까지 오르는 등산을 앞두고 3번 성취가 유형은 멘토에게 물어본다. "멘티님, 일등 하면 상품 있어요?" 그의 관심사는 오직 외적인 성공이다.

4번 예술가 유형은 정상에 도착하는 것에는 관심이 없고 마음 닿는 곳으로 가서 경치를 즐긴다.

5번 사색가 유형은 산 구석구석을 돌아보며 깊은 생각에 빠지고,

6번 충성가 유형의 모범생 멘티는 멘토에게 "몇 번 코스로 가야 하죠? 몇 시까지 도착해야 하나요?"라고 묻는다.

　7번 낙천가 유형은 다른 멘티들이 모두 산으로 올라갔는데도 혼자 계곡에서 물장구를 치며 여유를 부린다.

　8번 지도자 유형은 다른 멘티들에게 "너는 밥을 해, 너는 텐트를 치고. 나는 전체적인 관리를 맡아야지!"라고 하며 자신이 모든 것을 주도하려고 한다.

　마지막으로 9번 조정자, 중재자 유형은 피스메이커다. 캠핑이 점점 계획했던 것과 다르게 흘러가는데도 다른 멘티들에게 싫은 소리를 하는 법이 없다.

　위의 유형을 보면 자신이 어느 유형에 해당하는지 알 수 있을 것이다. 애니어그램에 제시된 아홉 가지의 성격 유형을 숫자로 구분하는 이유는 숫자가 가치중립적이기 때문이다. 즉 그 어떤 성격도 그 어떤 성격보다 우월하지 않고 그 어떤 성격도 그 어떤 성격보다 열등하지 않다는 뜻이다.

'인간이란, 놀면서 가장 순수한 기쁨을 느끼는 존재'라는 말이 있다. 진지한 사색이나 독서를 통해서도 나를 발견할 수 있지만 이렇게 놀이를 통해서도 내가 누구인지, 어떤 사람인지를 알 수 있다. 오히려 놀이를 해봄으로써 지금까지는 좀처럼 보이지 않던 자신을 새롭게 발견하게 될지도 모른다. 이제, 앞서 소개한 세 가지 놀이를 직접 경험하며 내가 누구인지 진정한 나와 만나 보자.

1. 사랑 – 아무리 지워도 지워지지 않는 단어

2. 긍정 – 불행을 행복으로 바꿔 놓은 구두코

3. 신념 – 자신을 가장 두려워한 사람

4. 도전 – 꿈의 크기만큼 자라는 코이

5. 신의 – 생명보다 소중했던 약속

6. 봉사 – 두 개의 손, 나를 돕는 손, 남을 돕는 손

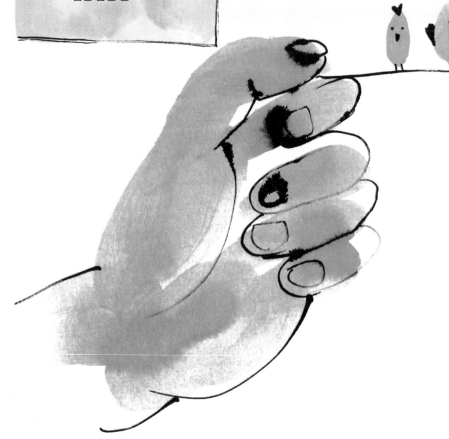

PART 2

붙들어야 할 삶의 가치

나이가 들면
왜 손이 두 개인지 알게 될 것이다.
한 손은 자기 자신을 돕는 손,
다른 한 손은 다른 사람을 돕는 손이다.
고귀한 삶의 가치를 붙잡는 청춘은
고귀한 삶을 살 것이며
이기적 가치를 붙잡는 청춘은
이기적 삶을 살 수밖에 없다.

1 사랑-
아무리 지워도
지워지지 않는 단어

"산다는 것은 사랑한다는 것인가, 사랑한다는 것은 산다는 것인가?" 정호승 시인의 〈윤동주의 서시〉에 나오는 이 문장은 내가 오랫동안 가슴속에 품고 있는 글이다. 좌절(Frustration), 소외(Isolation), 죄책감(Guilty Feeling), 고독(Loneliness), 유랑(Exile), 불안(Anxiety), 공포(Fear)로 엮어진 무화과 잎(FIG LEAF)을 두르고 사는 것이 우리의 인생이지만 나는 믿는다. 그래도 사랑은, 갖가지 무화과 잎을 용광로에 녹여내 순전한 금을 만드는 연금술이라고.

엘리자베스 베렛이란 여성이 있었다. 그녀는 어린 시절부터 어려운 문학책을 접할 정도로 문학적 소양이 뛰어났다. 그러나 16살이 되던 해 낙마 사고로 척추를 다쳐 장애인이 되었다. 게다가 몇 년 뒤 가슴 동맥이 터진 뒤 시한부 인생까지 선고받았다. 그녀의 인생은 나락으로 떨어지는 것 같았다. 그녀는 자신의 유일한 기쁨인 시를 쓰고 시집을 내는 것으로 작은 위로를 삼으며 인생을 정리하고 있었다.

그러던 어느 날, 한 남성이 편지를 보냈다. 그 편지에는 '나는 당신의 시를 온 마음으로 사랑합니다. 나는 이 시집을 온 마음으로 사랑합니다'라는 고백이 적혀 있었다. 시를 보낸 주인공은 그녀보다 여섯 살이나 어린 로버트 브라우닝이라는 무명 시인이었다.

그녀는 자신의 시가 꽃이라면 자신은 흙과 어둠이 어울리는 한낱 뿌리에 불과하다며 그의 사랑을 거부했다. 그러나 그는 사랑을 멈추지 않았다.

'그대여 사랑해 주지 않으시렵니까? 죽음이란 아무것도 아닙니다. 그대여 사랑해 주지 않으시렵니까?'

결국 사랑 앞에 엘리자베스의 마음이 녹아내렸다. 그들은 둘만의 결혼식을 올린 뒤 언제 끝날지 모르는 사랑을 시작했다.

놀랍게도 남편과의 사랑이 엘리자베스의 건강을 되돌려 놓았다. 시한부 인생을 딛고 네 번의 유산 끝에 건강한 아들을 낳았다. 그들의 부부 생활은 무려 15년이나 계속되었고 엘리자베스는 남편이 지켜보는 가운데 천국으로 향했다.

사랑은 모든 장애를 뛰어넘어 생명 같은 기적을 일으킨다.

읽는 시간을 따로 떼어 두어라. 그것은 지혜의 샘이기 때문이다.
웃는 시간을 따로 떼어 두어라. 그것은 영혼의 음악이기 때문이다.

사랑하는 시간을 따로 떼어 두어라. 그것은 인생이 너무 짧기 때문이다.

엘리자베스의 남편이자 영국 낭만파 시인의 대가가 된 로버트 브라우닝이 이런 멋진 시를 후세에 남길 수 있었던 것 역시 위대한 사랑의 힘이 있었기 때문이다.

오래 전에 있었던 일이다. 결혼 후 5년 만에 얻은 나의 아들, 생명보다 사랑하는 아들을 하늘나라로 보내고 나는 하루도 버틸 힘이 없는 나날을 보냈다. 친정아버지는 나를 살리려고 아들의 무덤도 만들지 못하게 하셨다. 남한강 이포나루에서 아들을 보내고 집에 왔는데 이미 나는 죽어 있었고 육신의 빈껍데기만 남아서 살아 있는 것처럼 보일 뿐이었다. 죽는 것이 사는 것보다 열 배, 스무 배 쉬웠다. 그러다가 사건이 생겼다. 몸과 마음이 피폐해질대로 피폐해진 나는 실신했고 119 구급차에 실려 병원으로 갔다. 구급차 안에서 간신히 의식이 돌아왔는데 이제 막 다섯 살이 된 딸의 음성이 들리는 게 아닌가.
"하나님, 제발 우리 엄마를 살려 주세요."
어린 딸이 절규하는 모습은 차마 눈뜨고 볼 수 없었다. 나를 잃지 않으려는 남편의 사랑도 눈물겨웠다. 죽은 것이나 다름없던 나는 다시금 몸을 추스렸다.
'사랑하는 사람을 위해서… 오늘 죽지 말고 살아보자.'
나는 나 자신을 향해서 외쳤다. 사랑하는 사람들이 단단하게 매어 놓은 사랑의 끈이 죽을 수밖에 없었던 한 생명을 붙잡아 준 것이다.

헤밍웨이의 소설 《누구를 위하여 종을 울리나》에서 마리아는 전쟁터로 가는 애인 로베르토 품에 안겨 흐느낀다. 그때 로베르토는 마리아를 위로하며 이렇게 말한다.

"마리아, 마리아의 가슴속에 내가 있는 한, 나는 죽은 것이 아니야."

나의 사랑하는 아들 성주도 마찬가지다. 내 마음속에서 잊히지 않는 한 그는 살아 있는 것이리라. 그가 나에게 베풀었던 사랑과 함께. '만약에 별들이 못 자국이라면 별자리는 누군가의 아픔을 걸었던 자리'일 것이라는 류시화 시인의 말처럼 이 세상의 모든 사람은 외롭고 상처 입은 존재다. 모든 존재가 외롭기 때문에 사랑을 갈구한다.

외로운 삶의 한가운데에서도 들려오는 또 하나의 작은 음성이 있다.

"우리 인간은 함께할 때 비로소 완전한 존재가 된다."

우리는 이 소리를 놓치지 말고 들어야 한다. 왜냐하면 우리는 혼자서는 살아갈 수 없는 사회적 동물이기 때문이다. 사랑마저도 혼자서는 할 수 없는 불완전한 존재다.

과연 사랑은 죽었던 생명을 살리는 힘이요, 죽음을 초월해 존재하는 영원한 존재요, 부족한 존재를 완성해 주는 퍼즐의 한 조각이다.

종소리를 더 멀리 보내기 위하여 종은 더 아파해야 한다는 류시화의 시구를 떠올리며 아프도록 사랑하며 살고 싶다는 기도를 드려 본다.

청춘, 그대들에게 묻는다. 진정 붙들어야 할 삶의 가치는 무엇인가? 지우개로 아무리 지우려 해도 지워지지 않는 단어, 사랑이라 답하고 싶다.

2 긍정 –
불행을 행복으로
바꿔 놓은 구두코

자신이 행복하지 않다고 생각하는 한 남자가 있었다. 그는 직장에서는 상사에게 야단만 맞고 집에서는 부인에게 잔소리를 들었다. 도무지 사는 것이 재미없었다.

"이대로는 안 되겠어. 나도 이제 새로운 인생을 살 거야!"

남자는 자신을 괴롭히는 직장도 가정도 모두 버리고 떠나고 싶었다.

그러던 어느 날, 모든 사람이 행복하게 살 수 있는 행복의 나라가 있다는 소문을 들었다. 결국 그는 행복의 나라로 떠나기로 결심했다. 행복의 나라가 정확히 어디에 있는지 모르지만, 사람들에게 물어물어 길을 걷고 또 걸었다. 해가 지자 하루 종일 걸었던 남자는 피곤했다. 다음 날 아침에 다시 걷기로 하고 나무 밑에서 잠이 들었다. 그런데 장난꾸러기 요정이 다가와서 남자가 잠든 사이에 그가 신은 구두의 코를 반대 방향으로 돌려놓았다.

아침에 일어나 구두코가 향하는 대로, 왔던 길을 다시 걸어간 그는 행복의 나라에 도착했다.

'행복의 나라가 여기였어?'

그곳은 어디였을까? 바로 자기 집이었다. 그 나라에 도착했더니 아침에 갈 직장도 있고 그의 곁을 지켜주는 아내도 있었다.

누군가가 말하길, 행복의 조건에는 세 가지가 있다고 한다. 첫째는 사랑하는 사람, 둘째는 내일의 희망, 마지막으로 내가 할 수 있는 일이다. 여러분에게 이 세 가지가 있는가? 혹시라도 자신이 행복하지 않다고 느껴진다면 이야기 속의 요정이 그랬듯 구두코의 방향을 반대로 돌려 보라. 부정적 생각에서 긍정적 생각으로 구두코를 돌려놓으면 누구나 달라진 인생을 경험할 수 있다.

일전에 할리우드 배우 짐 캐리가 주인공을 맡았던 〈예스맨 Yes Man〉이라는 영화를 본 적이 있다. 삶이 재미없고 지루하다고 느끼는 대출회사 직원 칼은 늘 '노(NO)'라는 말만 입에 달고 살았다. 주변 사람들은 '안 될 거야' '못할 거야'라고만 말하는 그의 부정적인 성격을 부담스러워했다. 아름다운 아내와도 이혼했고 친구들마저 곁을 떠나기 일보 직전이고 친한 직장 동료도 하나 없었다. 그러던 어느 날, 칼은 잠자리에 들었다가 악몽을 꾸게 된다. 꿈에서 자신이 죽었는데도 누구 하나 슬퍼하는 사람이 없는 게 아닌가! 꿈에서 깨어난 그는 고민에 빠졌다. 지금까지 그랬던 것처럼 부정적인 말과 생각을 달고

살아서는 안 될 텐데⋯. 어떻게 해야 달라질 수 있을지 좋은 방법이 떠오르지 않았다.

　고민 끝에 그는 '예스맨'이 되기로 결심했다. '예스 아이 캔(Yes, I can!) 프로젝트'에 동참해서 인생을 바꿔 보기로 한 것이다. 처음에는 아무런 대책도 없이 '예스(Yes)'를 남발하다가 좌충우돌하고 힘든 일도 많이 겪는다. 하지만 결국에는 '예스(Yes)'가 사람들의 마음을 여는 첫 번째 언어임을 깨닫는다. 예스(Yes)는 칼이 자신감을 회복하도록 도와주고 사랑도 찾아 주고 친구도 주고 승진의 기회도 주는 등 칼에게 인생의 새로운 길을 열어 준다. 놀라운 것은 이 영화〈예스맨〉은 시나리오 작가가 실제로 '예스 아이 캔' 프로젝트에 참여하면서 생긴 이야기를 모티브로 삼았다고 한다.

영화를 본 뒤에 지난 인생을 돌아보니, 인생의 고비마다 "예스 아이 캔(Yes, I can)"이라는 말을 많이 썼던 것 같다. 수많은 역경과 장애물을 뛰어넘을 수 있었던 이유도 바로 이 말 한마디 때문이었다. 긍정적인 말과 생각은 꿈을 이루게 하고 삶을 바꾸는 원동력이 되어 주었다.

우리는 왜 긍정적으로 생각하고 말해야 하는 것일까? 긍정 속에 희망이 있기 때문이다. 긍정적으로 생각하는 사람에게는 꿈과 같은 일이 현실이 될 수 있지만 머릿속에 부정적인 생각이 박힌 사람은 절대로 희망을 품을 수 없다. 행복과 성공은 오로지 '할 수 있다' '자신 있다' '성공할 수 있다'와 같은 긍정적인 생각을 하는 사람들의 몫이다.

안타깝게도, 요즘 젊은이들은 냉소적이다. 냉소적인 말을 자주 내뱉는 사람을 두고 유머러스하고 재미있다고 여긴다니 조금은 걱정스럽다. 말하는 습관은 우리 삶에 커다란 영향을 끼친다. 생각을 말로 표현하기도 하지만 말하는 대로 생각이 따라가기도 한다. 그러므로 항상 긍정적으로 말하고 희망적으로 생각해야 할 것이다.

우리나라 사람들은 '죽겠다'는 말을 많이 쓴다.

"미워 죽겠다" "예뻐 죽겠다" "더워 죽겠다" "추워 죽겠다" "배고파 죽겠다" 등 이렇게 죽겠다는 소리를 하도 많이 하니까 우리나라가 세계에서 자살 1위의 국가가 된 게 아닐까?

옛사람들이 말하길, 생각이 산에 있으면 산을 올라가고 생각이 강에 있으면 강으로 가서 고기를 잡는다고 했다. 멘티 여러분들의 생각에 따라서 인생이 180도로 달라질 수 있다는 얘기다. 3퍼센트의 소금이 바닷물을 썩지 않게 하듯이, 긍정적으로 생각하려는 작은 노력이 인생의 바다를 썩지 않게 한다.

오늘부터 구두코를 긍정의 방향으로 돌리고 저마다의 마음속에 긍정의 씨앗을 뿌려보자. 긍정적인 생각은 꿈을 이루는 험난한 과정의 첫 걸음이다. 긍정적으로 생각하면 세계 최고를 향한 여러분의 꿈도, 주변 사람들과 갈등 없이 행복하고자 하는 소망도 모두 이루어질 것이다.

3 신념 – 자신을 가장 두려워한 사람

몇 해 전 로마를 방문했을 때, 천재적 화가이자 조각가인 미켈란젤로의 〈최후의 심판〉을 보기 위해 성 시스티나 성당을 찾았다. 전 세계에서 〈최후의 심판〉을 직접 보고자 찾아온 관광객이 워낙 많기도 하거니와 그림을 보기 위한 절차가 굉장히 복잡했다. 오랜 시간 줄을 서서 기다리는 중에 여행의 피로가 몰려왔다.

'이 고생을 해가며 굳이 이 그림을 직접 볼 이유가 있을까?'

나중에는 이런 생각까지 들었다. 그도 그럴 것이 〈최후의 심판〉은 책과 화보에서 수도 없이 보았고 이미 알려질 대로 알려져 있어 정작 직접 두 눈으로 봤을 때 별다른 감동이 없으면 어쩌나 걱정이 앞섰던 것이다.

오랜 기다림 끝에 마주한 〈최후의 심판〉은 그림의 주제를 이미 다 알고 있는데도 이루 말할 수 없을 정도로 감동적이었다. 그 자리에 서서 한마디도 하지 못한 채, 쏟아질 것만 같은 눈물을 참아야 했다.

미켈란젤로가 구현한 지옥과 연옥, 천국은 마치 실존하는 세계처럼 생생하게 다가왔다. 마치 그 세계의 일부가 되어 거대한 세계의 한복판에 서 있는 기분이었다. 더불어 이 엄청난 걸작을 완성하기 위해서 천재 예술가가 쏟아부었을 노력과 고집 앞에 고개가 저절로 숙여졌다. 미켈란젤로는 어떻게 이 엄청난 대작을 완성할 수 있었을까? 끝까지 포기하지 않고 그림을 완성할 수 있었던 원동력이 무엇인지 궁금했다.

실제로 미켈란젤로는 이 그림을 완성하기 위해서 날마다 사다리를 오르며 천장 구석구석까지 벽화를 그렸다고 한다. 건강도 좋지 않은 가운데 4년 6개월 동안 그토록 열심히 그림을 그리는 모습을 보기가 안쓰러웠던 친구가 미켈란젤로를 걱정했다.

"여보게, 그렇게 고생하면서 구석까지 그릴 필요가 있겠는가? 아무도 보는 사람도 없는데 말일세."

미켈란젤로는 친구의 말에 흔들리지 않고 이렇게 말했다.

"이 사람아, 그게 무슨 말인가? 내가 지금 그림을 보고 있지 않는가?"

이 유명한 일화를 통해서 우리 멘티들이 얻어야 할 교훈이 있다. 우리는 머리로 아는 것을 신념이라고 착각하기 쉬운데 행동으로 실

천한 딱 그만큼이 진정한 신념이다. 하늘에 대한 신앙, 이웃에 대한 신의, 자신에 대한 신념이 흔들리지 않는 우리가 되기를 소망한다.

우리나라에도 신념을 행동으로 옮긴 훌륭한 실천가가 있다.

바로 지금은 고인이 되신 김수환 추기경이다. 전 생애를 통해 사랑과 나눔을 실천했던 추기경, 자신을 '바보'라 칭하며 가장 낮은 곳에 서려했던 그의 삶의 모습은 타들어가는 이 가뭄의 시대에 하나의 빗줄기였다. 김수환 추기경은 생전에 대주교로 승품되어 서울 대교구장을 맡게 된 취임식에서 이렇게 말했다.

"교회의 높은 담을 헐고 사회 속에 교회를 심어야 합니다."

김수환 추기경은 평생을 바쳐 이날 했던 말을 이루기 위해 실천했다. 세상의 낮은 곳에서 봉사하는 교회, 역사 현실에 동참하는 교회를 만들고자 노력했다. 숭고한 정신을 인정받아서 1969년 한국 천주교회 역사상 최초로 교황 바오로 6세로부터 추기경으로 서임됐다.

게다가 전 세계 추기경 136명 중 최연소로 추기경이 되어 한국은 물론 세계에서 주목받았다.

생전에 추기경은 종교인이면서도 부조리한 사회의 현실에 당당하게 맞서는 실천가였다. 김수환 추기경은 1970~80년대 암울했던 대한민국에 작은 불을 밝히는 등불이었다. 1971년 성탄 자정 미사에서 당시에 집권했던 유신독재와 싸웠고 1987년 6월 민주화운동 때 민주화의 성지였던 명동성당을 지켰다.

추기경은 선종을 앞둔 상황에서도 실천가적인 면모를 잃지 않았다. 생전에 장기 기증을 약속해 놓은 것이다. 사제의 길에 접어들 무렵, 가난한 사람을 위해 자기 몸을 바치겠다던 그 첫 다짐을 끝까지 지켜 냈다. 숨을 거두기 전에 추기경이 세상 사람들에게 남긴 말 한마디는 이것이었다.

"고맙습니다. 사랑하십시오."

당신이 평생 실천한 바를 남은 사람들에게 당부하며 추기경은 우리 곁을 떠났다.

언변에 뛰어난 사람은 멋진 말로 수많은 사람을 감동시킬 수 있다. 하지만 그보다 더 영향력이 있는 사람은 미켈란젤로나 김수환 추기경처럼 생각하는 바를 행동에 옮기는 사람이다. 말보다 행동이 훨씬 크게 말하기 때문이다(Action speaks louder than words).

4 도전 –
꿈의 크기만큼
자라는 코이

코이라는 이름의 작은 물고기가 있다. 이 물고기를 어항 속에 넣으면 몸의 길이가 7~8센티미터 정도 자란다. 그런데 똑같은 코이 물고기라도 연못에 넣어 키우면 30센티미터까지 자란다고 한다. 어항과 연못보다 훨씬 드넓은 강물에서 코이 물고기를 키우면 어떻게 될까? 강물에서 코이 물고기의 몸집은 1미터 이상 자란다.

그렇다. 인생은 꿈의 크기 만큼이다.

개구리 한 마리가 냄비 안에 있다. 개구리는 따뜻하고 안온한 물속이 좋다. 이때 냄비를 아주 조금씩 1도씩 높여 가면 개구리는 그것을 느끼지 못하고 삶아져 죽게 된다. 안주하면 죽는 것이다.

내가 한 마리의 새라면 나는 새장의 새보다는 숲속의 새가 되고 싶다. 맹수에게 먹힐 위험도 있고 먹이를 찾지 못해 굶어 죽을 수도 있지만 나는 새장의 새보다는 숲속의 새가 되고 싶다. 따뜻한 냄비 같은 어항 속에 안주하는 물고기가 아니라 강물로 나가고 싶다.

56세의 나이로 박사과정에 도전하기 전에 나는 어항 속에 작은 물고기에 불과했다. 심지어 가족들은 박사과정에 입학하는 자체를 두려워했다. 왜냐하면 삶의 끈을 놓아야 했던 병력이 있기 때문이다. 공부가 간절했지만 남편에게 동의를 구할 수가 없었다. 무엇보다도 건강이 최우선인데 공부에 매달리면 건강에 소홀해진다는 것이다. 그래서 마냥 전전긍긍하다가 공부가 너무나도 하고 싶어서 결단을 내렸다. 남편에게 건강을 돌보고 무리하지 않겠다는 각서를 쓰고서야 간신히 허락을 받았다.

어렵게 얻은 기회였기 때문에 공부하는 기쁨은 남달랐다. 한 주간의 수업이 시작되는 월요일이면 이루 말할 수 없는 기쁨, 아니 가슴

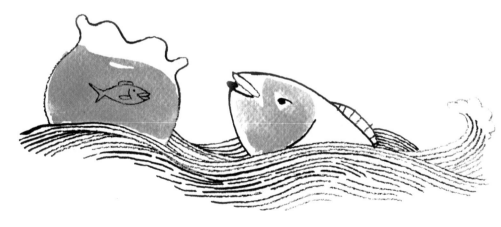

벅차오르는 감격을 느끼며 집을 나섰다. 뒤늦게 잡은 학문의 기회는 나를 드넓은 강물 속으로 던져 주었다. 나는 강물 속을 마음껏 헤엄치고 험난한 파도를 가르며 나아갔다. 코이 물고기처럼 말이다.

오늘도 나는 만학의 기회가 선물한 나의 삶의 비전선언문을 붙들고 사역의 현장에서 열심히 헤엄치고 있다. 결코 적지 않은 나이에, 좋지 않은 여건에서 건강에 대한 염려를 한시도 놓을 수 없었지만 꿈이 있었기에 해낸 것 같다. 건강이 여의치 않고 나이든 내가 해냈는데 젊은 그대들이 해내지 못할 일이 어디 있겠는가?

청춘, 그대들이 있을 곳은 작은 어항 속이 아니다. 지금은 비록 좁은 어항에 있지만 그대들은 곧 연못으로, 드넓은 강물 속으로 가게될 것이다. 지금 바로 도전의 꿈을 꾸어라. 능력은 꿈에 걸맞게 자라난다.

산악인 엄홍길 대장의 도전이 그러했다. 의미 있는 일을 하고 싶었던 그는 고산지대인 히말라야 팡보체에 학교를 지었다. 자그마치해발 4,060미터나 되는 팡보체는 차가 지나갈 도로가 없다. 학교를 짓는 데 필요한 물자는 모두 경비행기나 헬리콥터로 옮겨야 했다. 그리고 건물을 지을 건축가도 경비행기에서 내려 3박 4일 동안 산을올랐다. 지켜보던 사람들은 이곳에 정말 학교를 세울 수 있을지 의심했다. 하지만 엄홍길 대장은 높이 8,000미터의 산에 도전해서 이를 악물고 오르는 심정으로 밀어붙였다.

드디어 1년 만에 학교가 완성됐다. 해발 4,060미터 고산 지대에 학교가 생기다니, 사람들은 기적이라고 했다. 어떻게 목적을 달성할 수 있었느냐는 기자의 질문에 엄홍길 대장은 이렇게 대답했다.

"산악인으로서 제 목표는 해발 8,000미터 히말라야 정상에 오르는 것이었어요. 히말라야가 제게 16봉을 내어 줬으니, 저도 그쪽 오지에 16개 학교를 지어 주어야겠지요. 이것이 저의 새로운 목표이자 꿈입니다."

산악인으로서 엄홍길 대장은 히말라야 정상에 오르겠다는 꿈을 꿨다. 알려진 대로 전문적인 훈련을 받은 산악인들에게도 히말라야 등반은 쉽지 않은 도전이다. 하지만 그는 자기 자리에서 높은 꿈을 갖고 도전에 도전을 거듭했고 히말라야 16좌를 차례로 등정하는 데 성공했다.

결실을 이룬 도전은 더 큰 도전을 꿈꾸게 했다. 히말라야 고산지대에 열여섯 개의 학교를 짓는 것이었다. 이 꿈은 불가능에 가까운 목표였다. 하지만 그는 용기 있게 첫걸음을 내딛어 성공했다. 넓은 강물에서 코이 물고기가 더 크게 자라는 것처럼 큰 꿈은 우리를 성장시킨다. 당신의 마음속에 있는 큰 꿈을 향해 한걸음을 내딛어라. 그리고 최선을 다해 그 꿈을 향해 걸어가라. 언젠가 그 꿈은 당신의 현실이 되어 있을 것이다.

5 신의 - 생명보다 소중했던 약속

여러분은 자신과 약속한 것들을 얼마나 잘 지키며 사는가? 약속의 대부분, 혹은 절반 정도를 실천하는가? 아니면 절반도 미치지 못하는 수준인가. 하늘에는 신앙을, 이웃에겐 신의를, 자신에게 신념을 가진 이들은 어떤 상황에서도 자신의 뜻을 굽히지 않는다.

얀 네포무츠키(Jan Nepomucky) 신부는 하늘에 신앙, 이웃에게 신의를 지키고 실천한 사람으로 오늘날에도 많은 이들이 그를 기억하고 있다. 네포무츠키 신부는 가톨릭의 순교자이자 프라하 대주교의 총대리였다. 그에 대한 유명한 일화가 있다.

어느 날, 보헤미아 왕이었던 바츨라프 4세의 아내 소피아가 네포무츠키 신부를 찾아오면서 시작된다. 왕비는 신앙심이 강하기로 소문난 네포무츠키 신부에게 고해성사를 하고 간다.

"왕비가 무엇을 고하고 갔느냐?"

왕비의 바람기를 의심한 국왕 바츨라프 4세가 고해성사의 내용이 무엇인지 묻지만 네포무츠키 신부는 입을 다문다. 왕의 미움을 사게 된 그는 모진 고문을 당하고 협박을 받지만 고해성사 내용을 발설하지 않았다. 결국 그는 혀를 뽑히는 고문을 당하고 처참한 꼴로 목숨을 잃고는 블타바 강으로 던져진다. 그 후부터 어찌된 일인지 체코에는 좋지 않은 일들이 계속 일어났다. 사람들은 그것이 신앙심 깊은 네포무츠키 신부의 죽음 때문일 것이라고 추측했다. 그러던 어느 날, 프라하의 밤하늘에 별 다섯 개가 나타나고 강 위로 신부의 시신이 다시 떠오르는 기적이 일어난다.

"세상에 어떻게 이런 일이, 신부님이 돌아오셨어!"

"하나님께서 신부님을 우리 곁으로 보내신 거야."

사람들은 신부의 시신을 건져 성당으로 옮겼다. 더욱 놀라운 것은 시신을 성당에 안치하고 난 뒤부터 체코에 평화가 돌아온 것이다.

후에 그의 신앙과 신의를 본받고자 하는 사람들이 네포무츠키 신부의 동상을 만들었다. 지금도 그 동상 앞은 그를 존경하는 사람들로 북적인다. 그런데 카를교 중간에 서 있는 이 조각상은 어두운 가운데서도 유난히 반짝반짝 빛이 난다. 많은 관광객들이 그의 조각상 동판을 만지며 소원을 빌기 때문이다. 죽음을 무릅쓰고 신의를 지킨 네포무츠키의 용기가 슬프지만, 카를교가 더욱 아름다운 이유인지도 모르겠다. 작년 2월, 프라하를 여행하며 카를교의 아름다움을 사진에 담았다. 얀 네포무츠키 신부의 사연을 알고 난 뒤로 카를교가 세상 그 어느 곳보다도 아름답게 느껴졌다. 그것은 아마도 신부의 굳은 신의가 카를교 위에서 반짝반짝 빛나고 있기 때문일 것이다.

고지식하고 융통성 없이 미련하도록 약속을 지킨 사람도 있다. 미생지신(尾生之信)의 고사 속에 나오는 미생이란 사람의 이야기다.

미생은 사랑하는 여인과 다리에서 만나기로 했다. 그런데 그날 너무 많은 비가 내렸다. 여자는 이렇게 폭우가 내리는 날에 설마 미생이 나올까, 하는 마음에 약속 장소로 나가지 않았다. 그러나 미생은 날씨와 상관없이 다리에 나가 여인을 기다렸다. 한 번 맺은 약속은 꼭 지켜야 한다는 게 미생의 생각이었다. 비가 너무 많이 와서 다리 밑에 물이 넘쳐흐르고 결국 미생의 무릎, 가슴, 머리까지 차올랐다. 결국 그는 끝까지 다리에 매달려 사랑하는 여인을 기다리다 익사해서 죽었다고 한다. 중국에서는 가장 큰 신의를 표현할 때 바로 이 미생지신을 인용해 쓴다고 한다.

신의를 지킨 네팔 소년의 이야기를 함께 나누고 싶다.

네팔 히말라야 산맥 남쪽 기슭까지 찾아오는 외국인이 별로 없었을 때 이야기다. 그런데 약속을 지킨 소년의 이야기가 전해지면서 많은 사람이 그곳을 찾게 되었다고 한다. 오래전 일본의 사진작가들이 멋진 설산의 풍경을 담기 위해 히말라야 산맥 남쪽 기슭에 며칠 묵게 되었다. 술 한잔을 하고 싶은 마음에 그 마을에 사는 소년에게 맥주 심부름을 시켰다. 깊은 산속이라 가게가 없어서 그 소년은 세 시간이나 멀리 떨어진 동네까지 가서 맥주를 사왔다.

이튿날 가난한 그 소년은 다시 찾아와 오늘도 맥주 심부름을 맡겨 달라고 했다. 사진작가들은 그에게 돈을 두둑이 얹어 주었다.

그런데 어찌 된 일인지 해가 저물어도 소년이 돌아오지 않았다. 다음 날이 되어도 소년은 나타나지 않았다.

"나쁜 녀석, 우리를 속이고 돈을 가져갔군."

"착하게 보았는데 그게 아니었어. 다 우리를 속이려는 심사였어."

그날 밤 아주 늦게 소년이 사진작가들이 머무는 집으로 찾아왔다. 소년은 왜 이 시간에 오게 되었는지 이야기를 했다.

"그저께 맥주를 샀던 곳은 맥주가 동이 나서 살 수가 없었어요. 그래서 다시 산을 넘어 이웃 마을에 있는 다른 가게에 찾아갔어요. 술 여섯 병을 들고 오다가 산길에서 넘어지는 바람에 그만 병을 깨뜨렸습니다. 세 병이나 깨졌습니다. 정말 죄송합니다."

깨진 술병을 들고 거스름돈을 건네는 소년의 모습에 사람들은 모두 할 말을 잃었다.

가난하다고 의심부터 한 자신들의 모습이 부끄러워 견딜 수 없었다. 또한 약속을 지키기 위해 멀리까지 다녀온 소년의 신의에 감동했다. 그 후 사진작가들이 일본으로 돌아가 이 소년의 이야기를 들려주었고 약속을 지키기 위해 높은 산을 두 번이나 넘었던 소년의 이야기가 세상에 전해지면서 많은 사람들이 네팔로 여행을 갔다고 한다. 이름 없는 작은 마을이 소년으로 인해 세상에 알려진 것이다.

약속은 지킨다는 믿음과 꼭 지키겠다는 의지가 담겨 있다. 그래서 약속은 신의를 표현한다. 아무리 하찮고 그냥 말로 내던진 약속도 믿음과 의지로 반드시 지켜야 한다. 약속을 지키는 것은 신의를 지키는 것이다. 약속을 어기는 것은 신의를 저버리는 것이다.

6 봉사-
두 개의 손,
나를 돕는 손, 남을 돕는 손

현대인들은 모두 우울증 환자라는 말이 있을 정도로 우울의 늪이 우리 주변 구석구석에 자리 잡고 있다. 많은 사람들이 우울에서 헤어나고 싶어 하지만 정작 방법을 몰라서 힘겨워한다.

우울의 늪에서 자신을 구하고자 하는 사람에게는 두 가지 방법이 있다. 하나는 자신만의 꿈을 찾는 것이고 다른 하나는 다른 이들을 섬기고 봉사하는 것이다.

자신 안에만 갇혀 있을 때, 우울은 더욱 크고 강력하게 우리를 사로잡는다. 고인물이 썩는 것과 같은 이치다. 따라서 우리 안의 에너지를 타인에게 쏟고 타인을 기쁘게 하면서 만족감을 느끼게 되면 우울과도 멀어질 수 있다.

이렇게 자기 안에서 자라나는 우울을 섬김과 봉사의 정신으로 극복한 사람이 있다. 그는 세상에서 가장 아름다운 여인이자, 오늘날에도 세기의 여배우로 회자되는 오드리 헵번이다. 할리우드 스타로서 최고의 전성기를 보낸 오드리 헵번은 눈부시게 아름다운 배우였다. 하지만 세월 앞에서는 장사가 없다고 했던가. 그녀의 미모도 세월이 지나자 일그러지고 빛을 잃어 갔다.

"여배우는 나이 들면 끝이야."

"앞으로 계속 인기가 떨어질 텐데 걱정되지 않으세요?"

사람들의 수군거림과 질문 공세가 여배우들을 괴롭힌다. 그래서 할리우드의 수많은 여배우들이 나이가 들고 미모도 퇴색하면서 극심한 우울증에 시달린다고 한다. 세상의 관심과 인기로부터 점점 멀어지는 것을 견디지 못하기 때문이다.

오드리 헵번 역시 이러한 시련을 겪을 수밖에 없었다. 하지만 그녀는 우울증을 견디지 못해 자살을 선택하기도 하는 다른 여배우들과 달리 봉사와 섬김의 가치를 알고 실천했다. 그녀는 남은 인생을 봉사의 가치를 실현하며 살면서 우울감에서 벗어났다.

은퇴한 이후 그녀는 줄곧 기아에 고통 받는 아프리카 어린이들을 도왔다.

"어린이 한 명을 구하는 것은 축복입니다. 어린이 백만 명을 구하는 것은 신이 주신 기회입니다."

오드리 헵번의 이 말은 세계에 기부 문화를 불러 일으켰다. 그녀는 1988년 유니세프 친선 대사가 된 후 굶주린 어린이들이 있는 곳

이라면 어디든 찾았다. 굶주림과 병으로 죽어가는 어린이들을 구하기 위해 수단, 에티오피아, 방글라데시, 엘살바도르 등 50여 곳의 나라를 달려갔다. 위험을 무릅쓰고 전쟁 지역과 전염병 지역으로 달려가 아이들을 안아 주었다. 젊은 시절 은막의 스타로 많은 사람들의 사랑을 받았던 그는 자신이 받은 사랑을 아름답게 갚을 줄 아는 진짜 스타였던 것이다.

그녀가 사망하자 국제연합과 민간단체인 '세계평화를 위한 비전(Global Vision for Peace)'이 '오드리 헵번상'을 제정했다. 인류애와 세계평화에 이바지한 사람들에게 이 상을 수상해 그녀의 봉사와 섬김의 정신을 이어가기 위해서다.

오드리 헵번은 아들에게 다음과 같은 유서를 남겼다고 한다.

매력적인 입술을 가지려면 친절한 말을 하라. 사랑스런 눈을 가지려면 사람들 속에서 좋은 점을 발견하라.

날씬한 몸매를 원하면 배고픈 사람들에게 음식을 나눠 주어라.

아름다운 머릿결을 가지려면 하루에 한 번, 아이가 머릿결을 어루만지게 하라. 균형 잡힌 걸음걸이를 유지하려면 당신이 결코 혼자가 아니라는 사실을 기억하며 걸으라.

지금보다 나이를 먹으면 너도 알게 될 것이다. 너에게 왜 두 개의 손이 있는지. 하나는 네 자신을 돕기 위한 손이고 나머지 하나는 다른 사람을 돕기 위한 손이다.

아프리카에서도 가장 오지로 불리는 톤즈에서, 세상에서 가장 아름다운 사랑 이야기를 써내려 간 사람이 있다. 아프리카 수단 남부에 위치한 작은 마을 톤즈에서 사람이 사람을 위해 얼마나 아름다운 사랑을 실천할 수 있는지, 그리고 그 사랑이 세상을 어떻게 변화시킬 수 있는지를 보여 준 이태석 신부다. 우는 것을 수치로 여기던 톤즈 사람들이지만 그의 죽음 앞에선 한없이 울었다. 어린아이들부터 어른들까지 모두가 울었다.

"사랑해. 당신을 정말로 사랑해. 당신이 내 곁을 떠나간 뒤에 얼마나 눈물을 흘렸는지 모른다오." 어린이 브라스밴드 소년들은 이태석 신부의 사진을 가슴에 안고 또렷한 한국말로 이 노래를 부른다. 톤즈는 20년에 걸친 오랫동안의 남북 내전으로 폐허가 된 지역이다.

2005년 북부군과 남부군 사이에 평화협정을 체결한 이후 형편이 조금씩 나아지고 있지만 사람들은 여전히 오염된 강물을 마시고, 질병과 가난으로 찌든, 희망과 기쁨이 없는 그런 오지다. 어려운 형편 속에서 의대를 졸업한 이태석 신부, 어머니의 꿈이었고 집안의 희망이었으나 그는 장래를 보장받는 의사라는 직업을 버리고 사제의 길을 걷기로 결심한다. 그리고 아프리카 수단에서도 가장 오지인 톤즈와 한센인의 마을로 봉사의 길을 내딛는다.

그곳에서 그는 아이들의 마음을 총탄 소리 대신 희망의 음악 소리로 채워 주기 위해 수단 최초의 어린이 브라스밴드를 만든다.

그는 언제나 자신을 위한 결정이 아닌, 톤즈 사람들을 위한 결정을 했다. 한밤중에 환자가 찾아와도 벌떡 일어나 환자를 진료하는 넉넉한 인품의 의사였다. 그는 장갑도 끼지 않은 손으로 한센인의 상처를 만져 주었다. 아무리 약을 바르고 붕대를 감아 주어도 맨발로 다니는 발이 상처투성이인 것을 보고, 한센인 한 명 한 명의 발을 직접 그려 가며 그들에게 꼭 맞는 신발을 만들어 주기도 했다.

이태석 신부의 사랑은 여기서 끝이 아니었다. 난생 처음 받아본 건강검진에서 말기 암 판정을 받은 그는 신에게 불평 한마디 정도는 할 수도 있을 텐데, "톤즈에서 우물 파다가 왔어요. 마저 파러 다시 돌아가야 하는데…"라고 이야기했다고 한다. 그는 말기 대장암이라는 사형선고를 받은 일주일 후, 톤즈를 돕기 위한 자선 음악회에 나가 밝은 얼굴로 기타를 치며 노래를 불렀다.

이태석 신부는 지금 하늘나라로 갔지만, 그가 심은 사랑의 불씨는 지금도 아프리카를 위한 희망운동이 되어 계속해서 타오르고 있다. 그가 작사 · 작곡한 〈묵상〉에서의 기도처럼, 모든 것을 바쳐 내 이웃의 아픔을 품고 사랑하리라 했던 자신의 고백처럼 그렇게 살다 간 이태석 신부의 삶은 우리가 진정 붙들어야 하는 삶의 가치가 무엇인지를 다시 한 번 생각해 보게 한다.

우리 멘티들도 오드리 햅번과 이태석 신부의 이웃 사랑 열정에 감염되어 함께 컴패션을 통해 제3세계의 어린이 한 명을 돕기로 했다. 매달 적은 돈이지만 봉사구좌를 만들어 보냈다. 그 아이로 인해 우리는 1년 기한인 멘토링을 마친 후에도 계속 만나는 연결고리를 얻게 되었다.

그렇다. 꽃마다 찾아가 열매를 맺게 하는 꿀벌 같은 인생을 살 때 얻는 기쁨은 그 어떤 기쁨보다 깊고 크다. 나로 인해 누군가가 행복해할 때 우리는 가장 기쁘고 행복하다.

멘티들의 삶의 가치를 엿보다

지금까지 붙잡아야 할 가치에 대해 이야기했다. 사랑, 긍정, 신념, 도전, 신의, 봉사 등. 그렇다면 나와 함께했던 멘티들이 붙잡고 있는 가치는 무엇일까? 그들의 이야기를 소개한다.

"내 인생의 가장 중요한 가치는 내가 과연 누구인가 하는 정체성이다. 획일화된 교육으로 나를 잃어버렸고, 아무 목표 없이 생각 없이 살아온 느낌이다. 진정한 나의 꿈을 찾고 싶다. 또한 너무나 빠른 성장에 한국이 제 모습과 문화를 잃어 가고 있다. 가장 한국적인 것이 무엇인지에 대한 해답을 찾아 세계에 참 한국을 알리고 싶다."(박선하 멘티)

"내게 있어 가장 중요한 가치는 '즐거움'이다. 공자는 '지지자불여호지자, 호지자불여락지자(知之者不如好之者, 好之者不如樂之者)'라고 했다. 자신이 하고 있는 일을 언제나 즐겁게 하는 것이 최고의 가치다."(박선영 멘티)

"사랑이다. 우리가 열심히 공부하고 일하는 이유도 사랑하는 사람들과 행복하게 살기 위해서다. 사랑하는 사람들이 없다면 아무리 많은 부와 명예가 있어도 무의미할 것이다."(이진욱 멘티)

"누구나 행복을 꿈꾸듯 나 또한 행복한 삶을 원한다. 내가 바라는 행복은 단순히 물질적인 것에서 얻는 것이 아니다. 다른 사람이 행복이라는 가치를 발견할 수 있도록 돕고 다른 사람이 행복을 찾을 수 있도록 함께 기뻐하며 행복을 느끼고 싶다. 교사가 되려는 이유도 그 때문이다."(조윤경 멘티)

"내 인생에서 가장 중요한 가치는 긍정과 행복이다."(이슬기 멘티)

"공존이다. 공존의 대상은 자연이다. 이기적인 현대인들은 자기 삶이 지속되는 시간만 자연이 버텨 주면 된다는 식으로 자연을 훼손한다. 자연을 보호하는 일을 하고 싶다."(정준교 멘티)

"가족과의 행복이다. '가화만사성'이라는 말을 누구나 알지만 사회가 각박하게 급변함에 따라 가족과 함께하는 시간이 부족하다. 자신을 돌보기에도 바쁜 세상이다. 가족을 사랑하고 가족이 모두 행복하다면, 그 행복을 다른 사람들에게 나누어 사회 전체가 행복해질 것이다."(이재명 멘티)

"옆에 있는 사람이 행복하게 웃을 때 함께 행복해지는 것을 느낀 적이 있을 것이다. 교통카드 시스템을 최초로 고안한 사람은 누구일까? 그 사람이 누군지 우리는 모르지만 그 사람 덕분에 편하게 살아간다. 아마도 그 사람은 편리하게 사용하는 우리를 보고 행복해할 것이다. 내 삶의 목표가 되는 가치는 다른 이들을 행복하고 웃음 짓게 함으로 나도 행복해지는 것이다."(우영찬 멘티)

이 책을 읽는 독자들도 내가 붙잡아야 할 가치를 찾기 바란다. 가치를 붙잡고 사는 사람은 누구보다 풍성하고 아름다운 삶을 살아갈 수 있다.

PART 3

나의 꿈 나의 길,
어디로
갈 것인가

눈이 있어도 비전이 없으면
앞을 보지 못하는 사람과 같다.
꿈과 희망, 용기가 있는 한
그대는 젊다.
꿈을 잃어버릴 때
그대는 비로소 늙기 시작한다.

1 나는 꿈이 없었어

"불과 몇 달 전까지만 해도 꿈이 없었습니다. 꿈이 없는 것이 자랑
은 아니라서 저는 대외적으로 말하고 다닐 꿈 하나를 만들었습니다.
교수라고 말하기도 했고 때로는 연구원, 때로는 CEO라고 했습니다."

멘토링의 꽃, 꿈 발표 시간을 맞아 한 멘티가 이렇게 발표를 시작
했다. 멘티 주변의 사람들은 그가 꿈이 없는 줄 몰랐다고 한다. 겉으
로 보기에 그는 제 할 일을 잘 해내고 부모님 말씀을 어긴 적이 없는
모범생이었다. 사람들 앞에서 거짓으로 꿈을 이야기하면 사람들의
반응은, '그래! 멋지구나. 넌 할 수 있을 거야'였다.

하지만 그는 스스로를 하나도 멋지지 않다고 여겼다. 그가 꿈이라

106

고 했던 것들은 진정으로 원하는 바도 아니고 가슴을 두근거리게 하는 그 무엇도 아니었다. 그는 주어진 생활에 충실했지만 늘 뭔가가 하나 빠진 것 같다고 생각했다.

그러다가 우연한 기회에 멘토링에 참여하게 되었다. 그리고 아주 커다란 깨달음 하나를 얻었다고 한다.

"저는 꿈을 갖고 싶었지만 꿈을 갖기 위해서 노력하진 않았던 것 같아요. 학점 관리는 했지만 진정한 의미의 공부는 하지 않았어요. 겉으로는 남들과 잘 지내는 것처럼 보였지만 진정한 사랑에 대해서는 생각하지 않았습니다. 또 무엇을 할 것인가는 생각했지만 내가 누구인가에 대해서는 고민하지 않았습니다."

그는 꿈이 없는 것, 삶이 공허하게 느껴지는 것은 모두, 인생을 대하는 자신의 태도가 잘못된 데서 비롯되었다는 것을 깨달았다.

그때부터 그는 가짜 공부가 아닌 진짜 공부를, 내가 누구인지를, 진정한 의미의 사랑을 생각했다. 그러자 희망이 생겼다. 아직 구체적인 무언가라고 말할 수 없지만 꿈의 형상이 보이기 시작했다. 그는 조각가가 된 심정으로 하나의 형태만 갖고 있는 그것의 구체적인 모습을 만들었다.

"이제 친구들이 저에게 꿈이 무엇이냐고 물으면 저는 당당하게 꿈이 없다고 말합니다. 그리고 이렇게 덧붙입니다. 아니, 예전에는 꿈이 없었어. 지금은 정말 멋진 꿈 하나를 만드는 중이야."

그는 완성된 꿈을 상상하는 것만으로도 무척 행복하다고 말하고 발표를 마쳤다.

멘티들과의 멘토링 과정 중에 가장 행복한 시간은 바로 멘티들의 '꿈 발표 시간'이다. 꿈을 발표하는 멘티들의 표정에서는 생기가 넘치고 어떤 일도 해낼 수 있다는 듯, 젊은이들 특유의 자신감이 반짝 빛났다.

꿈이 없고, 자신이 누군지 몰라서 힘겨워하던 또 한 명의 멘티가 멋지게 자신의 꿈을 발표했다. 그는 자신의 능력으로 뛰어난 한국의 정체성을 세상에 제대로 알리는 작업을 하고 싶다고 했다. 그리고 어떤 멘티는 꿈을 찾는 과정에서 느낀 바를 에세이로 진솔하게 털어놓았다.

이렇게 멘티들이 꿈을 찾아가는 과정을 바로 옆에서 지켜보며 말로 다할 수 없는 기쁨과 감동을 느낀다.

이제 꿈을 찾은 멘티들은 꿈을 향해 멀고 먼 항해를 할 것이다. 시작이 반이다. 꿈을 찾는 여정을 위해 한발을 크게 내딛은 것만으로도 그대는 이미 꿈을 찾은 것이나 마찬가지다.

2 꿈을 찾는 6가지 방법

S대학의 J교수는 학생들과 꿈에 대해 이야기를 나누었다. 그러자 꿈이 없는 학생들이 너무나 많았다고 한다. 꿈이 있는 학생들도 자신의 꿈이 아니라 엄마의 꿈을 대신 꾸고 있었다. 학생들은 겸연쩍게 J교수를 바라보며 "교수님, 꿈꾸는 방법까지 가르쳐 주십시오"라고 했다.

아마도 어릴 때부터 학원과 과외로 단련된 학생들이라 선생님 없이 공부하는 데 어려움을 느끼나 보다. J교수는 학생들의 요청에 따라 학생들과 함께 토론했고, 그 결과 꿈을 찾는 방법 여섯 개를 발견했다. 독서, 일기, 대화, 여행, 봉사, 사랑이었다.

독서 | 교육의 목적은 사고하는 과정에의 초대다. 그러나 컴퓨터와 텔레비전에 많은 시간을 빼앗기다 보니 검색에는 능하지만 사색에는 서투른 것이 우리 젊은이들의 모습이다.

빠져들수록, 중독될수록 좋은 것이 있다면 바로 책이다. 책을 통해 우주, 자연, 삶을 만나면서 우리는 행복하고 즐거워진다. 분야의 경계가 없는 책읽기는 우리에게 통섭의 장을 마련해 준다.

읽고 싶은 책의 리스트를 작성하라. 대학 시절에 100권의 고전을 읽겠다는 생각으로 무모하게 덤벼라. 못해도 절반은 읽을 것이다. 어쩌면 몇 천만 원을 들여서 떠나는 유학보다 몇 권의 책이 내 인생을 바꾸어 놓을 더 값진 깨달음을 줄 것이다.

일기 | 일기를 길게 쓰지 않아도 좋다. 맞춤법이 틀려도 좋다. 글씨체가 예쁘지 않아도 좋다. 내 경우, 48년째 일기를 쓰고 있다. 일기를 써보니 일기 쓰는 습관이 주는 혜택은 열 손가락으로도 헤아리

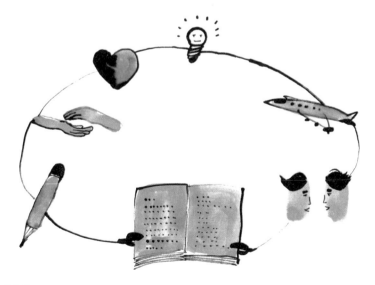

기 힘들 정도다. 하버드대학의 심리학 교수인 하워드 가드너(Howard Gardner)가 개발한 다중지능 테스트를 받아 보았다. 여덟 가지의 지능 중에서 인간관계 지능(interpersonal intelligence)과 자기성찰 지능(intrapersonal intelligence)이 특별히 높게 나왔다. 일기를 꾸준히 쓴 덕분이다. 청춘의 그대들도 일기 쓰기가 습관으로 자리 잡을 때까지 멈추지 말고 써 보길 바란다.

대화 │ 항상 같이 노는 친구들과의 카페에서 떠는 수다, 술자리에서 주고받는 농담 말고 진짜 대화를 해보라. 대화 상대의 직업, 나이, 국적은 다양할수록 좋다. 낯선 사람에게 말 거는 게 무섭다고? 조금 더 뻔뻔해져라. 더 많은 것을 얻을 수 있다. 대화할 수 있는 한 친구를 갖는다는 것은 또 다른 인생을 하나 더 공유하는 것이리라. 길거리 대화가 아니라 침실 대화 같은 깊은 대화를 나눌 수 있는 열 명의 친구를 가지면 열 배나 더 크고 깊은 인생을 경험할 수 있다.

여행 │ 여행 경비가 걱정이라면 무전여행이라도 떠나라. 20대의 여행은 더할 나위 없이 좋다. 보는 풍경, 만나는 사람, 멋진 순간들, 이 모든 것이 젊은 그대들이 흡수하고 꿈을 키울 수 있는 소중한 것들이다. 작가 한비야는《그건 사랑이었네》라는 책에서 '여행은 길 위의 학교'라고 했다. 여행을 통해 운명과도 같은 새로운 만남과 삶을 배우고 서로 사랑하는 법, 감동을 나누는 법을 배운다며 여행의 소중함을 강조했다. 이뿐 아니다. 나를 용서하는 법, 화해하는 법, 인생을 새롭게 설계하는 기술, 진정과 기쁨과 행복도 배운다고 했다.

봉사 | 교육의 과제는 개인적 자아(personal self)에서 공적 자아 (impersonal self)로 나아가는 것이라 하였다. 봉사의 기쁨에 흠뻑 취해 보라. 몸은 힘들지만 뇌와 가슴을 즐겁게 해주는 보람의 기쁨을 맛볼 수 있을 것이다. 섬김으로써 얻는 기쁨은 자신을 아끼는 데서 얻는 기쁨에 비해 만만치 않은 기쁨을 선사할 것이다. 가난한 사람들에게 집을 지어 주는 해비타트 활동, 시골마을 벽화 그리기, 낙도 의료 봉사, 소년소녀 가장 방과 후 교육, 독거노인 말벗 해드리기 등 할 수 있는 봉사는 얼마든지 있다. 봉사를 통해 행복을 꿈꾸어 보라.

사랑 | 누구를 사랑한다는 것은 그 사람 속에 있는 미와 선을 알아보는 것이리라. 그런데 사랑도 공부가 필요하다. 한 달도 못 가는 시한부 연애를 하라는 게 아니다. 20대가 가기 전에 우리의 영혼을 성장시켜 주는 진짜 사랑을 반드시 해보자. 그 보화를 발견하면 험난한 인생길도 웃으며 힘차게 걸어갈 수 있다. 세상이 다르게 보이고 어느새 크게 자란 꿈을 가진 그대와 마주하게 될 것이다.

3 독서로 꿈을 만나다

　10대 미혼모의 딸로 태어나 어린 시절 지독한 빈곤과 불행을 겪었으나 세계를 대표하는 여성 리더가 되어 어려운 환경에 처해 있는 사람들의 희망이 된 이가 있다. 바로 미국의 유명한 언론인 오프라 윈프리다.

　어떤 기자가 "당신을 이렇게 만들어 준 원동력은 무엇인가요?"라고 물었을 때 오프라 윈프리는 서슴지 않고 이렇게 대답했다.

　"하나는 신앙이고 또 하나는 독서클럽입니다."

　사람이 변하기는 참 힘들다. 나쁜 버릇 하나를 고치는 데에도 얼마나 많은 노력이 필요한지 경험해 본 사람은 알 것이다. 그래서 혹자는 '사람은 근본적으로 변하지 않는 존재다. 그러므로 사람을 변화시키려고 하지 마라. 자신 이외에는 그 누구도 변화시키기가 어렵다'고 말한다.

그럼에도 불구하고 사람을 변화시키는 네 가지 도구가 있다. 하나는 환경, 둘째로 영성 훈련, 셋째로 사람과의 만남, 그리고 마지막 네 번째가 바로 책과의 만남이다. 인생 전체를 내다보지 않더라도 2년 후의 모습을 상상해 보라. 그동안 어떤 사람을 만나고 어떤 책을 읽었는가에 따라 전혀 다른 모습의 나를 발견할 수 있을 것이다.

나를 바꾸어 놓은 한 권의 책

상담학과 학생들을 대상으로 '독서치료의 이론과 실제'라는 제목의 공개 특강을 한 적이 있다. 그 후 독서에 뜻이 있는 열 명의 학생과 함께 1년간 독서클럽을 운영했다.

첫 번째로 선정한 책은 아마존 북클럽의 베스트셀러인 《레이첼의 커피》였다. 그 후 숱한 책을 읽고 토론했지만 이 책만큼 인상 깊고 애정이 가는 책은 없었다. 《레이첼의 커피》는 비록 한 권의 책에 불과하지만 그 책을 읽기 전과 읽은 후를 비교하면 사고에 큰 차이가 있었다.

이 책은 우리가 가진 것을 타인과 나누는 것이 바로 성공의 핵심이라는 주제를 담으면서 나눔 속에 있는 성공의 열쇠, 성공의 법칙에 대해 말하고 있다.

첫째, 가치의 법칙이다. 당신의 진정한 가치는 당신이 대가로 받는 가치보다 당신이 타인에게 얼마나 많은 가치를 제공하느냐에 따라 결정된다.

둘째, 보상의 법칙이다. 당신에게 돌아오는 보상은 당신이 얼마나 많은 사람에게 영향을 미치는지와 정확하게 비례한다. 이 법칙에서 당신이 얻을 수 있는 대가의 양은 한계가 없다. 당신은 언제나 봉사를 하고 남을 도울 수 있기 때문이다.

셋째, 영향력의 법칙이다. 당신이 타인의 이익을 얼마나 우선시하느냐에 따라서 당신의 영향력이 결정된다. 일반적으로 사람들은 타인에게 100을 주지 않는다. 50 정도는 남겨 두고 50을 주는 게 보통이다. 그런데 이 책에서는 50 대 50의 전략을 버리고 100을 주라고 말한다. 상대방의 성공에 100퍼센트를 보태 상대방이 이기면 당신이 이기는 것과도 같다. 이 얼마나 새롭고 획기적인 발상인가.

《레이첼의 커피》를 특별하게 여기고 소개하는 까닭은 이 한 권의 책이 한 사람의 가치관을 바꾸어 놓고 삶의 방식을 변화시켰기 때문이다. 삶의 질은 얼마나 많은 박수를 받는가에 따라 좌우되는 것이 아니라 얼마나 많은 사람을 섬기고 이끌 수 있는가에 좌우된다는 것을 거듭 깨달았다.

또한 독서는 좋은 정보를 제공한다. 현대는 정보의 시대다. 정보의 홍수에 떠다니는 통나무가 바로 우리의 모습이다. 사람이 많아도 진정한 사람이 없어 등불을 들고 사람을 찾아 다녔다는 디오게네스의 이야기처럼, 홍수 때 물은 넘쳐 나도 정작 마실 물이 없는 것처럼, 정보는 쏟아져도 어느 것이 올바른 정보인지 알 수 없다. 좋은 책은 올바르고 좋은 정보를 분별할 수 있는 눈을 길러 준다.

책의 힘을 믿으라

어떤 교수가 있었다. 그는 우연히, 인격의학을 주장한 의사이자 심리학자인 폴 투르니에의 저서 《여성, 그대의 사명은 *La Mission de la Femme*》이라는 책을 읽게 되었다. 책을 읽은 교수는 여성에 대해서 갖고 있던 기존의 생각을 버리고 여성을 재평가하게 된다. 여성에게는 남성에게서 찾아볼 수 없는 타고난 인격 감각이 있다는 것을 처음으로 알

게 된 것이다. 그는 자신의 아내에게 멋진 재능이 있을 것이라고 생각했고 마침내 아내에게 책을 읽어 내는 재능이 있음을 발견한다.

교수는 그때부터 박봉을 쪼개서 저축을 했다. 그리고 아내에게 독서클럽을 운영하라고 권유하며 오피스텔을 얻어 준다. 그 후 십수 년이 흘러 아내의 독서클럽은 점점 더 규모가 커졌다. 많은 사람들이 아내의 독서클럽을 통해서 치유 받고 성장했다. 교수의 아내는 간호학 학사 학위뿐이었지만 여러 대학에서 독서치료에 관한 강의를 해달라고 초청을 받는다. 한 권의 책이 한 사람의 인생과 가정을 변화시킨 것이다.

호주 콴타스항공의 최고 경영자인 제프 딕슨(Geoff Dixon)은 "현대인은 달에 갔다 왔지만 길 건너 이웃을 만나기는 더 힘들어졌다. 외계를 정복했는지 모르지만 우리 안의 세계는 잃어버렸다. 공기 청정기는 갖고 있지만 영혼은 더 오염되었고, 원자는 쪼갤 수 있지만 편견은 부수지 못한다"라고 말했다.

그런데 우리는 바른 독서를 함으로써 이웃을 만나고 관계를 다시 세우고 자신을 돌아보고 혼탁해진 영혼을 정화할 수 있으며 편견을 깨뜨릴 수 있다.

책을 통해서 우리는 자신의 내면과 깊게 만날 수 있다. 미국의 신학박사 폴 틸리히(Paul Tillich)는 인간의 타락은 곧 신과의 분리, 이웃과의 분리, 자신과의 분리라고 정의했다. 젊은이들이 책을 통해서 이웃과의 소통 고리를 만들고 자신의 내면과 깊이 만나는 즐거움을 누렸으면 좋겠다.

독서를 하며 사고의 늪에 빠지는 시간은 말할 수 없는 편안함과 행복을 제공한다. 책은 분주한 일상에서는 모습을 드러내기 힘든 내면의 자아를 불러내서 우리를 생각하는 인간으로 만들어 준다. 책을 통해 이웃과 소통하는 즐거움을 누리고 내면과 깊게 만나며 마음의 연못을 정화시키며 생각하는 사람이 되어 독서로 꿈을 키우는 그대가 되길 바란다.

4 역경도 꿈을 키우는 길인 것을

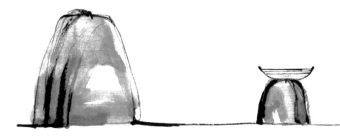

　꿈을 키우기 위해 한 가지 강조하고 싶은 것은 '역경을 두려워 마라'라는 것이다. 독일의 한 남작이 자신의 성곽 두 탑 끝을 여러 가닥의 철사로 연결해서 그 줄들이 바람에 부딪혀 아름다운 소리를 내는, 거대한 바람 하프를 만들겠다고 생각했다. 그런데 막상 완성해 놓고 보니 하프에서는 아무런 소리도 들리지 않았다. 그때 뒷산에서 부드러운 미풍이 불어오자 거대한 하프는 가냘프고 아름다운 음악을 연주하기 시작했다.

　겨울이 되어 거센 폭풍이 그 줄들에 휘몰아치자 바람 하프는 너무나도 장엄한 음악을 연주하며 그 아래 골짜기를 가득 메웠다. 폭풍이 가장 거셀 때 하프는 가장 아름다운 음악을 들려주었다.

우리의 삶도 이 바람 하프처럼 폭풍우를 많이 겪은 인생이 가장 아름다운 음악을 연주할 수 있다. 역경이 우리 삶을 더욱 아름답게 만드는 것이다.

미국 32대 대통령인 프랭클린 루스벨트(Franklin Roosevelt)는 뉴딜 정책으로 대공황을 이겨 냈고 2차 세계대전에 참전해 승전을 주도하는 등 탁월한 리더십으로 미국민에게 믿음과 희망을 준 대통령으로 평가 받는다. 그러나 그런 그가 소아마비 장애인으로 휠체어에 의지했던 사람이라는 것을 아는 사람은 그리 많지 않은 것 같다. 그는 39세 때 뉴욕 주지사에 출마하려고 준비하던 중 갑자기 소아마비에 걸렸다. 젊고 촉망 받는 정치인이 갑자기 장애를 입었을 때 얼마나 낙심했겠는가?

당시 그는 상심한 나머지 아내인 엘리노어 루스벨트에게 다리를 쓸 수 없게 됐으니 자기를 떠나도 좋다고 했다. 그러자 엘리노어는 "내가 사랑한 것은 당신의 다리가 아니라 당신의 영혼입니다"라고 말하며 루즈벨트가 더욱 위대한 리더가 될 수 있도록 힘을 실어 주었다. 소아마비의 엄청난 통증이 그는 물론 두 부부의 사랑을 더욱 강하게 만들어 꿈을 이루게 했는지도 모른다.

영국 역사에서 가장 존귀한 왕으로 꼽히는 알프레드 대왕 또한 그런 경우다. 우리에게 생소한 이름이지만 알프레드 대왕은 지금부터

1,000년 전인 9세기 초, 기사군 편성 등의 뛰어난 군사력을 바탕으로
첫 잉글랜드 통일국가를 설립하여 그 이후 1,000년 동안 영국의 세
계를 향한 영향력의 기초를 세운 인물이다.

행정조직 재구성, 학문과 교육 장려 정책 등으로 문화를 부흥시켰
으며, 가는 곳마다 성전을 세우고 백성들에게 은혜를 베풀었다. 나중
에는 바이킹들까지 자신들의 종족을 귀한 지도력으로 다스려 달라
며 싸우기도 전에 백기를 들고 나왔다고 한다. 그런 그도 결혼식 날
이름조차 알 수 없는 희귀한 병으로 발작을 일으켜 평생 고통 받았
다. 알프레드 대왕은 그 희귀병을 극복해 가며 강한 의지로 통일의

대업을 달성하고 위대한 국가를 세우는 꿈을 이루어 냈다.

세종대왕 역시 수많은 업적만큼 고난의 시절이 많은 위인이다. 《세종실록》에 따르면 눈병이 심해 10년이 지나도록 낫지 않자 세자에게 왕위를 물려주고자 했으나 신하들의 반대로 세종 23년에는 지팡이를 짚고 거의 시각장애인 상태로 정사를 돌본 것으로 전해진다.

훈민정음을 창제한 것이 그보다 2년 뒤인 25년(1443년)이었고 반포는 그보다 3년 뒤였으니, 그동안 세종대왕이 얼마나 힘들게 고통을 감내하였을지 미루어 짐작할 수 있다. 게다가 소갈증과 심한 욕창으로 하루도 편한 날이 없었다고 한다.

그런 와중에도 세종은 항상 나랏말이 없어 뜻이 잘 통하지 않는 굶주린 백성을 걱정했다. 이렇게 역경은 세종대왕으로 하여금 백성을 불쌍히 여기게 했고 그로 인해 한글을 창제하게 했던 것이다.

세계적인 물리학자 스티븐 호킹 박사 역시 '루게릭병'을 앓아 몸무게 40킬로그램에 손가락 두 개만 움직일 수 있어 그 어려운 물리학 계산을 암산으로 해야 했다. 그러나 '특이점 정리' '블랙홀 증발' '양자우주론' 등 혁명적 이론을 제시하며 아인슈타인에 버금가는 물리학자로 평가 받는다. 그는 "몸의 거동이 불편하니까 별달리 할 것이 없어 물리학에 연관된 생각을 많이 했다"며 오히려 루게릭병의 발발이 연구에 매진하여 꿈을 이루는 계기가 되었다고 고백하였다.

'은혜는 겨울철에 가장 많이 자란다(Grace grows best in winter)'는 말이 있다. 고난을 겪으면서 오히려 강한 극복 의지가 생겨나고 오로지 자기가 할 수 있는 한 가지 일에 몰두하게 되어 꿈의 값진 열매를 만들어 낸다.

우리 부부 역시 역경을 경험하고 인생을 바꾼 사람들이다. 결혼 후 순풍에 돛단 듯 항해하던 우리 배는 20년간 엄청난 폭풍우를 만나게 된다.

첫 번째 폭풍우는 결혼 후 5년 동안 아기를 낳을 수 없었던 아픔이었다. 사랑하는 사람의 아기를 낳아 기를 수 없는 고통은 육신의 그 어떤 고통보다 아픈 것이었다.

두 번째 폭풍우는 눈물로 간구하고 서원해서 얻은 아들, 그토록 총명하고 준수했던 아들을 하늘나라로 보내고 하루도 버틸 수 없던 폭풍우였다.

세 번째 폭풍우는 생명보다 사랑하는 아들을 하늘나라로 보내고 난 후 가슴앓이를 하도 하여 그 이듬해에 위암 선고를 받게 된 것이다. 삶의 끈을 놓을 수 있다고 하는데도 '당신은 감기에 걸렸습니다'라는 말을 들은 것만큼의 충격도 받지 못했다. 실은 두 번째 폭풍우가 하도 커서 죽음 정도는 감기 진단 정도로 밖에 느껴지지 않았던 것이다.

이렇게 인생의 항해에서 십수 년 동안 죽음보다 더 캄캄한 폭풍우를 마치고 돌아와 보니 선물 보따리가 하나 놓여 있었다. 풀어 보니 그것은 삶의 아이러니였다. 우리가 겪은 시련의 폭풍우와는 정반대의 것, 그것은 바로 '마음속의 큰 평안'이었다. 그 엄청난 선물을 받은 우리는 요즘도 새벽에 눈을 뜨면 너무나도 기뻐서 "내가 그 기쁨을 이기지 못하겠노라"라고 소리친다.

20년 시련의 계절을 지나 잠깐의 안식의 계절을 지나, 56세의 나이로 박사과정에 입학하고 드디어 삶의 비전을 갖게 된다. 남들은 정년을 준비하는 60세에 졸업을 하고 그해 교수로 임용되어 내 인생 가장 바쁜 나날을 보내고 있다.

고난을 겪어 본 사람만이 고난을 겪는 사람을 이해할 수 있다는 말이 있다. 그 고난을 겪으면서 세상을 보는 눈이 달라졌고 진정한 삶의 가치가 무엇인지 다시금 생각하게 되었다. 꿈을 좇아 도전하도록 하는 힘, 다소 강한 비바람을 만나도 매일 기쁘게 살아 낼 수 있는 힘은 삶의 역경이 놓고 간 소중한 선물이다.

만일 여러분이 시련의 시기를 보내고 있다고 생각된다면 삶의 가치를 더할 수 있고 꿈을 더욱 찬란히 꽃피울 수 있는 선물을 받았다고 생각하기 바란다.

5 내가 만난
나의 직업

진로 상담에 있어 빠질 수 없는 주제는 바로 자아 정체성이다. 자신의 적성과 진로에 대해 확신하지 못하는 이유는 자아 정체성이 흐릿하기 때문이다.

진로 상담은 직업을 선택해야 하는 젊은이들에게 자아 정체성을 찾을 수 있도록 도와주고 직간접적인 경험을 제공해 직업에 대한 안목을 키워 준다. 진로 상담은 일반적으로 올바른 직업 가치관을 심어 주는 것에서 시작한다. 직업 가치관이란 직업에 대해 갖는 생각과 태도를 말한다. 어떤 생각으로 자신의 직업을 대하고 또 그 직업을 통해서 어떤 일을 할 것인가가 모두 직업 가치관과 관련이 있다. 올바른 직업 가치관을 갖기 위해서 꼭 알아야 할 내용은 다음과 같다.

올바른 직업 가치관

1. 일은 목적이지 수단이 아니다.

일이 수단이라는 사고에서 탈피하고 목적이라는 생각을 가져야 한다. 이는 직업을 대하는 우리의 자세와 관련이 있다. 일을 단순한 돈벌이의 수단으로 생각하면 안 된다. 돈을 벌기 위해서라면 어떤 일이든 할 수 있다는 생각은 매우 위험하고 우리 인생을 수렁에 빠트릴 수도 있다. 일은 수단이 아니라 목적이라는 것을 잊지 마라.

2. 일은 부를 창조하는 원천이다.

인간이 노동을 하는 가장 수된 요인은 부를 창조하는 데 있다. 정당한 노동으로 돈을 벌어 부자가 된 사람은 존경받아 마땅하다.

다른 사람의 부를 부당하게 취해 자신의 자산으로 축적한 부자는 손가락질을 받는다. 그러나 진정한 부자는 자신의 노고와 열정의 대가로 정당하게 돈을 벌어 남을 위해서도 귀하게 쓴다. 정직한 부자를 꿈꾸는 청년이 되어라.

3. 일은 사회봉사와 자아실현의 수단이다.

일은 부를 창조하는 것에 그치지 않고 사회봉사의 성격을 갖는다. 타인의 생활에 도움이 되는 일을 한다면 그것은 자신의 재능으로 사회에 공헌하는 것이다.

또한 일을 통해서 내가 누구인지, 어떤 사람인지를 알 수 있으므로 직업에 종사함으로써 자아실현도 할 수 있다.

4. 직업에 대한 편견을 버리자.

합법적인 일이라면 그 직종에 상관없이 존중받아야 한다. 요즘 청년들은 특정 직업만 선망하여 몰리는 경우가 많다. 또 어떤 직업은 무시하고 하찮게 여긴다. 이는 바람직하지 못한 태도다. 직업에는 귀천이 없다. 각자의 자리에서 일하는 이들이 있기에 사회 전체가 구성되고 제 기능을 다할 수 있음을 기억하자.

5. 성 역할에 대한 고정관념을 버리자.

과거 남성 중심의 사회였던 우리나라는 21세기에 들어서면서 크게 달라졌다. 이제 여성이라고 해서 못할 일은 사라졌다. 오히려 여성들이 사회 곳곳에서 두각을 드러내고 있다. 남자가 할 일, 여자가 할 일을 구분 짓는 고정관념은 버리자.

시대도 직업도 변한다

직업 세계는 우리가 생각하는 것 이상으로 급변한다. 한국도 곧 현존하는 직업의 절반가량이 사라지고 새로운 직종이 대거 생겨날 것이다. 또 계속 존재하는 직업도 재택근무가 가능해지거나 기계화되는 등 업무의 형태가 많이 달라진다.

시대가 달라지면 직업 세계도 변화를 맞는다. 갈수록 변화의 속도가 빨라지는 가운데 미래 사회가 어떻게 달라질지 전망해 보자. 지금의 주 5일 근무가 주 4일로 바뀔 가능성이 높다. 이렇게 되면 가정에서 남자가 해야 할 일들이 지금보다 많아질 것이고 어린이를 돌보는 기관도 늘어날 것이다. 여가를 즐기는 사람들을 대상으로 하는 서비스업이 지금보다 더욱 발전한다.

현대인의 평균 수명은 점점 늘어나고 있다. 그래서 성인 교육의 수요가 늘고 교육기관도 늘어날 전망이다. 사람들은 평생 동안 여러 가지 직업을 갖게 될 것이고 직업 교육의 중요성은 더욱 강조될 것이다.

그렇다면 시대가 이렇게 변화한다고 가정했을 때, 직업 세계는 어떤 변화를 맞게 될까? 전문가들의 견해에 따르면 미래는 철저한 지

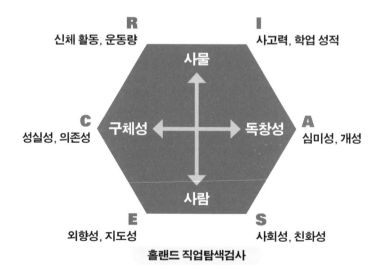

흘랜드 직업탐색검사

식 기반 사회로 발전한다. 이러한 추세에 따라 산업의 구조도 변하고 정부의 정책도 달라질 것이다. 생활수준은 지금보다 더욱 올라갈 것이고 그에 따른 생활 방식도 많이 달라지는데 이러한 현상이 직업 선택에도 영향을 끼친다. 마지막으로 환경문제가 더욱 중요해지고 세계화가 꾸준하게 진행됨으로써 직업 세계도 이에 따른 영향을 받을 전망이다.

직업 가치관을 확립하고 미래 사회를 전망한 후에는 간단한 테스트를 통해서 진로를 모색해 볼 수 있다. 가장 보편적인 직업탐색검사로는 미국의 심리학자 홀랜드가 개발한 홀랜드 직업탐색검사가 있다. 홀랜드는 한 사람의 성격을 진로와 관련시켜서 직업탐색검사를 완성했다. 홀랜드 박사가 연구를 거듭한 결과 사람들은 자신의 소질과 흥미, 환경 여건에 따라서 직업을 선택하는 것으로 밝혀졌다. 그는 사람의 성격을 6가지 유형으로 분류하고 직업과 연결시켰다.

홀랜드 직업탐색검사 유형별 특징

유형	유형의 특징	직업 분야
실제형(Realistic)	솔직, 성실, 검소, 신체적으로 활동적, 말이 적음, 기계적 적성이 높음	기계 기술자, 항공기 조종사, 정비사, 엔지니어, 전기 기계 기사, 운동선수, 중장비 기사, 건축사, 항공 정비사 등

탐구형(Investigative)	탐구심, 논리 · 분석적, 합리적, 지적 호기심, 수학적 · 과학적	과학자, 천문학자, 의료기술자, 의사, 인류학자, 물리학자, 과학 잡지 편집자, 의학자, 응용소프 트웨어 개발자, IT 컨설턴트 등
예술형(Artistic)	상상력, 감수성, 자유분방, 개방적, 예술 소질, 창의적	큐레이터, 연출가, 예술가, 소설가, 시인, 디자이너, 작곡가, 무용가, 이벤트 기획자 등
사회형(Social)	다른 사람에게 친절, 이해심, 배려, 봉사, 인간관계 능력, 사람을 좋아함	교육자, 상담가, 심리학자. 간호사, 임상치료사, 언어학자, 사회사업가, 상담교사, 레크리 에이션 지도사, 놀이치료사 등
기업형(Enterprising)	지도력과 설득력, 열성적, 경쟁적, 야심, 외향적, 통솔력	기업 경영인, 판사, 영업사원, 판매원, 행정가, 증권거래인, 공인중개사, 판매관리사, 노동조합지도자, 투자상담사, 커리어 코치 등
관습형(Conventional)	책임감, 빈틈이 없음, 조심성, 변화를 좋아하지 않음, 계획성, 사무 계산 능력 높음	인공지능 프로그래머, 행정관, 공인회계사, 인사관리 전문가, 세무사, 컴퓨터 프로그래머, 세관원, 법무사, 신용조사원, 은행원, 재무분석가 등

예를 들어 한 상담자를 검사해 본 결과 탐구형 성격으로 나왔다. 그의 성격과 어울리는 직업은 철학자, 수학자, 번역가 등이 있다. 이렇게 상담자의 성격에 맞는 직업을 찾아 주는 것이 홀랜드 직업탐색 검사다. 검사를 받고 나서 각 항목별 점수를 육각형에 꼭짓점을 찍고 그 점들을 하나의 선으로 이어 그 모양을 보고 자신의 적성을 알 수 있다.

박선하 멘티의 실제를 소개한다.

130

진로코드 - AE형

	R	I	A	S	E	C
활동 흥미	1	6	11	0	7	0
직업 흥미	0	6	10	3	8	50
가치	0	5	5	3	5	2
성격	1	8	10	4	10	3
유능감	3	11	8	1	10	7
능력A	5	6	7	1	6	4
능력B	5	7	7	4	6	6
합계	15	49	58	16	52	27

멘티 자신의 분석: 검사 결과 높은 점수를 받은 것과 그렇지 않은 것의 차이가 크게 나타났다. 호불호가 분명한 내 성격과 맞는 부분이었다.

가장 높은 것은 58점을 받은 A와 52점을 받은 E로 상상력이 풍부하고 개방적이며 예술에 소질이 있는 예술형, 그리고 외향적이고 통솔력이 있으며, 열성적이고 경쟁적이며 야심적인 기업형이다. 또한 지적 호기심이 많고 논리적, 분석적인 탐구형 또한 49점으로 아주 높게 나왔다. 지금까지 해오던 공부나 전공과 일치하는 면이었다.

반면에 실제형, 사회형, 관습형은 내 스스로도 관심이 없기에 예상은 했으나 20점 이하의 아주 낮은 점수를 받았다.

멘토의 멘트: 책을 좋아하는 선하는 탐구형 수치가 높고, 산업디자인 전공에 걸맞게 예술형의 수치가 높다. 선하의 가장 큰 꿈은 학교 설립인데 그 꿈에 걸맞게 기업형 수치도 높게 나와 기쁘다.

검사 결과를 받으면 다음의 사항을 고려해야 한다.

첫째, 검사 결과 나의 성격과 직업 적성이 일치하는가?

둘째, 가장 강하게 나타난 적성 두 개가 서로 근접해 있는가?

가장 강한 적성 두 개의 분포가 육각형 여섯 개의 꼭지점에서 이웃해 있다면 기호나 적성이 뚜렷하다는 의미다.

셋째, 검사 결과로 만든 도형이 낮게 평평한가? 높게 평평한가?

도형의 높이가 높고 모양이 평평한 사람은 다양한 욕구와 흥미를 가진 것이다. 다재다능하고 매사에 긍정적이고 타인에게 잘 보이고자 하며 자신을 환상적으로 자각한다. 도형의 높이가 낮고 모양이 평평하면 우울과 무력감을 느끼는 사람일 수 있다. 자아 개념이 낮고 학업은 부진할 수 있다. 성격적으로는 편협하다는 인상도 준다.

다음은 멘티들의 직업탐색검사 분석 결과다. 아래 친구들의 결과를 보며 나의 직업 적성도 가늠해 보자.

멘티들의 홀랜드 직업탐색검사 분석

박선하 멘티
진로코드 - AE형: 산업디자인을 전공하기 때문인지 예술형 수치가 가장 높았고, 전공 외에도 여러 분야에 관심을 가지고 공부하는 것을 좋아해서인지 탐구형 수치 또한 높게 나왔다. 기업형 수치는 두 번째로 높았는데, 이후에 학교를 설립하고자 하는 꿈이나 리더로서 능력을 발휘하고 싶은 부분과 일치하였다.

박선영 멘티
진로코드 - ES형: 지도력과 설득력이 있는 기업가형(E)과, 남을 돕고 배려하며 인간관계 능력이 좋은 사회형(S)이 높게 가장 높게 나왔다. 예술형(A)과 탐구형(I)도 높게 나왔다. 6개 영역 중 실재형과 관습형을 제외한 나머지가 모두 높게 나왔다. 다양한 분야에 관심과 흥미가 많은 내 모습이 반영된 것 같다.

이진욱 멘티

진로코드 - IS형: I형 점수가 다른 점수보다 월등히 높아서 II형이었지만, 그 다음으로는 S형 점수가 높았다. 어렸을 때부터 사물에 대한 호기심이 강해서, 과학자가 되고 싶었는데 적성에 맞게 진로를 선택했다. 내 안에 S형의 우세함을 보고 사람 만나는 것을 내가 왜 좋아하는지 알 수 있었다.

정준교 멘티

진로코드 - RC형: 실재형(R)과 관습형(C)이 제일 높게 나왔다. R유형의 특징인 말이 적고 기계적 적성이 많고 C형의 특징인 변화를 좋아하지 않고 책임감이 많으며 빈틈이 없고 조심성이 많은 모습이 바로 나였다. 진로코드 결과와 연결해 볼 때 학과를 잘 선택한 것 같다.

이재명 멘티

진로코드 - EE형 혹은 EC형: 진로 코드가 EE형이다. 기업가 쪽의 특성을 갖고 있다. 또한 인접한 ECS의 점수가 가장 높다. 기업가에게 필요한 책임감과 계획성, 사람들과의 원활한 관계까지 점수가 높다. 전공인 화학을 좀 더 잘 하기 위해 탐구형을 보완해야 할 것 같다.

우영찬 멘티

진로코드 - ES형: C를 제외한 모든 영역이 골고루 높다. '파란 새벽을 부르는 바람'인 나의 인디언 식 별칭과 흡사한 결과다.
R과 I형은 자연과 사물을 다루고 E와 S형은 사람을 다루는 직업이다. 내 경우는 사람을 다루는 직업(E, S)에 연관되었으며, 자연과 사물(R, I)과도 많은 관련을 맺고 있는 것으로 나타났다.

이슬기 멘티

진로코드 - AA형: 팀파니를 전공하는 음악도에 걸맞게 AA 예술형이다. 그러나 너무 한쪽으로 치우친 경향이 있다. 반대쪽 영역에서 모자란 부분을 조금 채워 나가야 할 것 같다. 계획성이 없는 부분과 사회성이 부족한 부분들을 채워 나가도록 더 많이 마음 써야겠다.

다섯 손가락으로 보는 희망 직업

자신이 원하는 직업과 그 직업을 이루기 위해서 해야 할 일을 다섯 손가락 진로 상담지에 그려 보자. 이 진단지를 조감해 본 후 자신의 최고 적성을 찾아 선택해 집중한다.

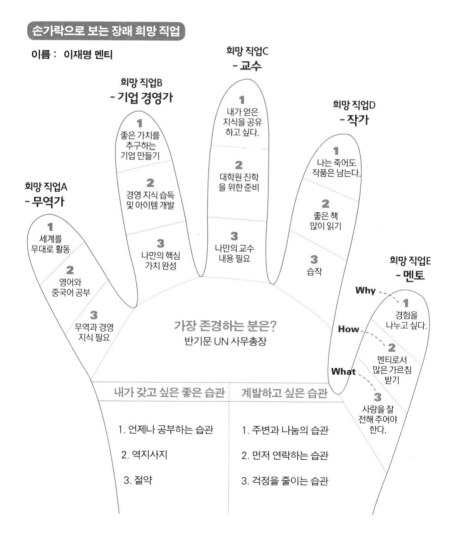

손가락으로 보는 장래 희망 직업

이름 : 이재명 멘티

회망 직업C
- 교수
1 내가 얻은 지식을 공유하고 싶다.
2 대학원 진학을 위한 준비
3 나만의 교수 내용 필요

회망 직업B
- 기업 경영가
1 좋은 가치를 추구하는 기업 만들기
2 경영 지식 습득 및 아이템 개발
3 나만의 핵심 가치 완성

회망 직업D
- 작가
1 나는 죽어도 작품은 남는다.
2 좋은 책 많이 읽기
3 습작

회망 직업A
- 무역가
1 세계를 무대로 활동
2 영어와 중국어 공부
3 무역과 경영 지식 필요

회망 직업E
- 멘토
Why
1 경험을 나누고 싶다.
How
2 멘티로서 많은 가르침 받기
What
3 사랑을 잘 전해 주어야 한다.

가장 존경하는 분은?
반기문 UN 사무총장

내가 갖고 싶은 좋은 습관	계발하고 싶은 습관
1. 언제나 공부하는 습관	1. 주변과 나눔의 습관
2. 역지사지	2. 먼저 연락하는 습관
3. 절약	3. 걱정을 줄이는 습관

6 직업 선택은 평생 입을 옷을 고르는 일

직업 선택은 옷을 고르는 일에 비유될 수 있다. 진정 패션을 아는 사람들은 어떤 옷을 즐겨 입는가? 그들은 어떤 아이템이 유행이라고 해서 남들과 똑같이 그 옷을 입지 않는다. 그들은 자신의 개성을 잘 드러내면서도 마치 맞춘 것 마냥 그 사람에 잘 어울려, 보는 사람까지도 편안해지는 옷을 입는다. 옷을 한 벌 살 기회가 생겼다면 여러분은 어떤 옷을 선택하겠는가?

나라면 이런 옷을 고르겠다.

입어서 편안하고 내가 평소에 입고 싶었던 옷이면 좋겠고, 내가 가지고 있었으면 좋겠다고 생각한 옷 중에 내가 가진 돈으로 살 수 있고 유행에 휩쓸리지 않지만 그렇다고 유행에 뒤지지도 않는 옷을 택할 것이다.

이는 직업 선택의 과정에 그대로 적용될 수 있다.

직업 선택의 조건

첫 번째 조건, 입어서 편안한 옷은 성격에 맞는 직업을 말한다.

평소 너무나 내향적이고 사람들 앞에 나서는 것을 싫어하는 사람이 가수가 될 수는 없는 노릇이다. 그 직업에 종사하면서 내 심리 상태가 편안할지 그렇지 않을지를 고려해야 한다.

두 번째 조건, 내가 평소에 입고 싶었던 옷은 나의 흥미를 말한다.

만약 누군가가 나에게 선생님이 될 기회를 주었는데 나는 단 한 번도 그 일을 흥미롭게 생각해 본 적이 없다. 생각만으로도 따분할 것 같다. 그렇다면 나는 그 일에 흥미가 없으므로 선생님이 될 확률이 낮다.

나의 흥미를 찾는 방편으로 내게 자랑스러웠던 에피소드를 기록해 두면 나의 강점을 찾는 데 도움이 된다.

세 번째 조건, 평소에 한 벌쯤 갖고 싶었던 옷은 가치관에 맞는 직업을 말한다.

평소 헌신이나 봉사의 가치에 대해서 진지하게 생각해 본 적이 없다고 가정해 보자. 그런데 어느 날 봉사단체에서 일할 기회가 생겼다. 그렇다면 그 일을 나는 잘할 수 있을까? 자신의 가치관에 부합하는 직업을 선택해야 성공 확률도 높다.

네 번째 조건, 내가 가진 돈으로 살 수 있는 옷은 직업에 대한 나의 능력을 말한다. 만약에 내가 육상선수가 되고 싶다고 가정하자. 그런데 나의 체형이나 신체 조건이 육상에는 매우 부적합하고, 결정적으로 나는 달리기를 잘 못한다. 그러면 그 사람은 육상 선수의 꿈을 다시 생각해 봐야 한다. 직업을 선택할 때 나의 흥미나 가치관도 중요하지만 그보다 더 중요한 것은 그 일을 해낼 수 있는 능력이다.

다섯 번째 조건, 유행에 휩쓸리지 않으면서 유행에 뒤지지도 않는 옷은 직업의 전망을 말한다.

다른 사람들이 좋다고 하고 유망한 직업이라고 해서 나에게도 잘 맞으라는 법은 없다. 따라서 직업을 선택할 때 그 직업에 대해서 다른 사람들이 내리는 평가는 참고만 하는 것이 현명하다.

하지만 사회가 달라지고 노동시장도 급변하는데 시대착오적인 직업을 선택해서도 안 된다. 이미 사라진 직업이나 사라질 위기에 처한 직업을 평생 직업으로 택하는 것은 바람직하지 못하다.

우리는 옷을 살 때도 백화점, 브랜드숍, 아울렛 중에 어디로 갈지

사전에 생각하고 최저가가 얼마인지도 조사한다. 또 옷이 따뜻한지, 빨아도 변하지 않는지, 장식이 떨어지지는 않는지, 그 옷을 사 입은 사람들의 구매 후기도 눈여겨본다.

옷 한 벌을 사면서도 이렇게 하는데 직업을 선택하는 데 있어서 사전 조사가 중요한 것은 두말할 나위가 없다.

그러면 직업을 선택하기에 앞서 필요한 사전 조사와 정보에 어떤 것이 있는지 알아보자.

직업 세계와 친숙해지기

우리는 모두, 언젠가는 직업을 갖게 되고 사회인이 된다. 지금 학생이라고 해서 영원히 학생으로 남을 게 아니라는 것을 명심하라. 평상시에 인터넷이나 책을 통해 직업 세계와 친숙해지도록 조사를 해두자. 특별히 흥미가 가는 직업에 종사하고 있는 사람을 만나 인

138

터뷰를 해보면 더욱 좋다.

직업을 탐색해 보는 기준으로 직업명 혹은 유사 직업 명칭, 수행 직무, 작업환경, 필요한 교육과 자격 요건, 고용 기회 혹은 승진 가능성, 수입, 생활양식과의 적합도, 전망 등이 있다.

희망 직업 리스트 업하기

흥미를 끄는 직업에 대해서 리스트를 만들고 그 직업의 긍정적인 면과 부정적인 면들도 상세하게 기록해 보자. 직업을 선택할 때 다시 읽어 보면 도움이 된다.

박선하 멘티의 희망 직업

희망 직업	왜 하고 싶니?	어려운 점은?	어떻게 할까?
피아니스트	어릴 때부터 꿈이었다. 휴학하고 피아노를 다시 시작했다. 피아노를 칠 때 나는 행복하다.	프로 연주자가 되기에는 늦었다. 재능이 뛰어난 것도 아니다. 음악을 즐기고 가끔 연주도 하는 아마추어로 사는 것도 좋겠다.	매일 피아노 연습, 클래식 음악 감상.
작가/번역가	내 마음속 생각들을 글로 써서 많은 사람들과 나누고 싶다. 외국의 좋은 책을 우리말로 번역해 많은 사람들과 읽고 싶다.	작가가 되기에 내 글은 턱없이 부족하다. 체계적으로 글쓰기를 배우고 싶다.	다양한 분야의 책 읽기, 블로그에 글쓰기.

교육자	주입식 교육에 불만이 많았다. 학생들이 스스로 생각할 수 있는 학교를 만들고 싶다.	학교를 세울 수 있을 만큼의 재력, 학생을 가르칠 만한 학식, 그리고 학생들에게 존경받을 수 있는 성품 갖추기.	과거 위인들의 공부 방법, 해외 교육의 성공 사례 등을 연구하기.
리더	책임 의식으로 많은 사람들을 이끌어 나가며 내 능력을 펼치고 싶다.	호기심도 많고 욕심도 많아 일을 벌여 놓고 다니기 일쑤다. 사람들을 리드하기 위해서는 자제하는 법을 배워야 한다.	롤모델을 정하고 그들의 정보를 찾아보며 배운다. 멘토링 또한 내가 리더로 성장하는 데 필요한 경험이다.
디자이너	현재 디자인을 전공하고 있다. 또한 이 분야가 매력적이다.	완벽주의적인 성격 탓에 항상 결과에 만족하지 못하고 좌절하며 자신감이 많이 떨어졌다.	학교 전공, 디자인 잡지 구독, 관련 도서 읽기.

상세한 정보 모으기

기자가 되어 특종을 취재하는 심정으로 리스트 업 한 직업들의 세세한 정보들을 모아 보자. 남들도 다 아는 정보부터 시작해서 다른 사람들은 잘 모르는 고급 정보까지 모두 조사하겠다는 생각으로 매달리자. 가장 먼저, 원하는 직업의 직업명을 확실히 알아야 한다. 유사 직업의 명칭도 알아 둘 필요가 있다. 다음으로 직업에 대한 꼼꼼한 조사가 필요하다. 구체적으로 어떤 업무를 수행하는지 어려움은 무엇인지, 어떤 보람을 느끼는지를 알아 두자.

희망하는 직종의 작업 환경도 반드시 확인해야 한다. 사원들 간의 분위기, 직원 복지제도와 같은 환경은 업무를 수행하는 데 있어서 매우 중요하다.

직업의 현실적인 면 역시 이에 못지않게 중요한 사항이다. 직업 전망이 밝은지, 고용 기회가 많은지, 승진의 가능성은 어느 정도인지, 수입은 얼마인지 조사하자. 더불어서 내 생활양식과 직업의 궁합이 얼마나 잘 맞는지도 알아야 한다. 아무리 선망하는 직업이라도 나의 라이프스타일과 맞지 않거나 평생 직업으로 만족할 수 없다면 그 직업은 다시 고려해 봐야 한다.

다음은 적성이 사회예술형인 SA형이 나온 학생의 직업 조사 마인드맵이다.

리스트도 만들었고 직업에 대한 정보도 다 모았다. 이제 필요한 것은 냉정한 시각과 평가다. 리스트에 언급된 직업들이 나에게 적합한지 봐야 한다. 한 사람이 여러 개의 직업을 동시에 갖기는 어렵다. 심사위원이 된 심정으로 나의 능력과 현실 등을 고려해 깐깐하게 직업을 선택하자.

선택 직업 실현하기

직업 선택까지 훌륭하게 해냈다면 이제는 어렵게 선택한 직업을 성취하기 위해 상세하고 구체적이고 치밀한 계획을 세워야 한다. 계획을 세울 때는 무리하게 시작하거나 작심삼일, 용두사미가 되지 않도록 실천이 가능한시에 초점을 두자.

지금까지 우리는 열심히 구슬을 만들었다. 정성스럽게 서 말의 구슬을 준비했으니 이제 꿰어서 보배를 만들 차례다. 훗날 우리가 꿈꾸는 직업에서 일하는 내 모습을 상상하면서 자격증을 따거나 외국어를 공부하고 사설 학원의 도움을 받아보자. 목표가 비슷한 친구들과 함께 공부하며 정보를 공유하는 것도 방법이다.

여기까지 성공했다면 이력서를 쓰고 인턴에 지원해 면접에 응시하는 것도 좋다. 언변이 부족해서 면접이 걱정된다면 친구들과 모의 면접을 해보는 것은 어떨까.

다음과 같은 생활 실천 계획표를 만들어서 실행해 보는 것도 좋다.

의사 결정 후 나의 실천 계획
작성자: 박선하 멘티 (피아니스트, 작가, 교육가, 리더, 디자이너가 꿈인 멘티)

목표	구체적 활동	결과
한 달 이내의 목표	1. 연간 계획 세우기 2. 새 플래너 정리 3. 강좌 신청(어학, 인문학) 4. 독서 5. 서평 마무리 짓기	
1년 이내의 목표	1. 어학공인 시험 2. 한국사 검정 시험 3. 운전 면허 4. 학교 복학후 적응 5. 동아리 가입(피아노) 6. 졸업 작품 계획하기	
5년 이내의 목표	1. 진로 결정 2. 중국어 배우기 3. JLPT N1, TOEIC 950 이상 4. 피아노 연주 가능	
10년 이내의 목표	1. 대학원, 유학등 학업 마치기 2. 책 쓰기	

　거북이, 토끼, 독수리와 오리가 경주를 하였다. 바다에선 잠수를 잘하는 거북이가 당연히 1등을 하였고 육지에서는 뜀뛰기를 잘하는 토끼가, 하늘에서는 새 중의 왕 독수리가 당연히 1등을 하였다. 오리는 전 종목에서 2등을 하였다. 거북은 선박회사에서 뽑아가고 토기는 자동차 회사에서, 독수리는 비행기 회사에서 뽑아갔지만 오리는 아무도 뽑아가지 않아 울상이 되었다. 선택과 집중이다.

PART 4

내 삶의 길에 함께 가는 사람들

인생의 여정에서
우리는 많은 사람들을 만난다.
그리고 많은 이야기를 나눈다.
때로는 기쁨을 함께 나누며 행복해하고,
때로는 아픔과 슬픔을 나누며 함께 눈물짓는다.
오늘도 나는 누군가와 함께 길을 걸어가고 있다.
함께 가는 인생길, 당신이 있어 행복하다는 말을 전하고 싶다.

1 나에게 필요한 작은 의자

나는 잎이 무성한 느티나무 그 아래
작은 의자이고 싶습니다.

그래서 당신이 지치고 곤하여 의기소침해 있는 날
내가 당신에게 편한 휴식이 되었으면 좋겠습니다.

그저 아무런 부담 없이 왔다가
당신이 자그마한 여유라도 안고 갈 수 있도록
더 없는 편안함을 주었으면 좋겠습니다.

당신이 분노의 감정을 안고 와서
누군가를 실컷 원망하고 있다면
내가 당신의 그 원망을 다 들어주었으면 좋겠습니다.

그래서
당신이 분노 때문에 괴로워하지 않았으면 좋겠습니다.

간혹 당신이 기쁨에 들떠 환한 웃음으로 찾아와서
그토록 세상을 다 가져 버린 듯 이야기한다면
내가 당신의 그 즐거움을 다 담아 놓았으면 좋겠습니다.

그래서 당신이 내내
미소와 웃음을 잃지 않았으면 좋겠습니다.

—이준호, 〈나는 작은 의자이고 싶습니다〉 중에서

당신을 진정으로 소중하게 여기는 사람이 있는가?
시에서 이야기한 것처럼 당신을 위해 의자가
되려는 사람이 있다면 당신은 괜
찮은 인생을 살고 있는 것이다.
　내게 불행한 일이 닥쳤을
때, 내가 슬플 때, 내가 좌절
했을 때 내 곁에 다가와 주
는 사람은 몇이나 될까?

　진정한 관계란 기쁠
때 만나서 기쁨을 나누는 것이 아니라 언제 만나
더라도 그 사람을 만나서 기쁨을 느끼는 것이다.

147

겨울 풍경을 배경으로 소나무 네 그루와 초가 한 채가 덩그러니 그려진 그림을 본 적이 있을 것이다. 이 그림이 바로 그 유명한 추사 김정희의 〈세한도〉다.

김정희는 당대 최고의 문인으로 이름을 떨쳤으나 1840년에 제주도에 유배를 가게 되고, 적막하고 쓸쓸한 삶을 살게 된다. 누구 하나 찾아오는 이도 없고 소식을 궁금해하는 사람도 없었지만 제자 이상적은 달랐다. 그는 역관으로 북경을 드나들면서 구입한 귀한 신간 서적을 해마다 스승에게 보냈다.

제자가 보여 준 의리에 깊이 감동한 김정희는 〈세한도〉를 그린 후 그림에 얽힌 사연을 담은 짤막한 글 한 편을 지었다. 그는 글의 마지막을 이렇게 마무리했다.

'한 사람은 살고 한 사람은 죽었을 때, 한 사람은 부귀하고 한 사람은 빈천할 때, 사귀는 정을 알 수 있다.'

혹한과 같은 시련을 겪고 있을 때 온기를 나누어 줄 사람이 당신 곁에 있는가? 힘들 때 기대 쉴 수 있는 의자 같이 귀한 관계를 맺지 못했다면 이제부터라도 주위를 둘러보기 바란다. 그리고 나부터 주변 사람들에게 온기를 나눌 수 있는 사람, 의자 같은 사람이 되도록 노력해 보는 것은 어떨까? 타인을 위한 작은 배려와 노력이 세상 무엇보다도 값지고 아름다운 관계를 시작할 수 있는 발판이 될 것이다.

2 친구야, 너 때문에 힘들지 않아

　요즘 혼자를 즐기는 사람들이 늘고 있다. 겉으로 보기에 혼자서 무엇이든 할 수 있는 세상이 된 것 같다. 싱글로 살아가는 젊은이도 많고 혼자 살면 좋을 만한 크기의 집, 혼자 먹을 수 있을 만큼만 포장된 음식들, 혼자서 밥을 먹어도 어색하지 않게 꾸며 놓은 식당 등 세상은 온통 혼자 사는 사람들을 위한 상품과 환경으로 가득하다. 친구가 없어도 스마트폰이나 태블릿 피시 등으로 시간을 보내고 온라인 상에서 게임을 하며 친구를 만들면 된다.

　혼자에 익숙한 요즘 젊은이들은 타인과 의견을 조율해 가며 관계를 만들고 사랑을 주고받는 것을 거추장스러워하고 귀찮아한다고 한다. 함께하는 일보다는 혼자 하는 일을 좋아하고 팀워크를 발휘해 과제를 완성하는 것보다는 개인의 역량을 보여 줄 수 있는 혼자 하는 과제를 더 선호한다. 또한 남에게 구애받지 않고 독립적으로 생활하는 것을 자유롭고 쿨하다고 여긴다. 독신 인구가 늘어나고 혼자서 즐길 수 있는 취미를 가진 사람들이 많아지고 있는 것도 이 때문이다.

자신에게 한번 물어보자. 과연 혼자라서 행복하고 편할까? 관계는 힘들고 거추장스러운 것일까? 관계에서 벗어나 홀로 자유롭게 사는 것이 진정 쿨하고 멋진 삶일까? 멘티의 상담 메일에서 이 질문에 대한 답을 찾아보자.

멘토님, 제 이야기를 들어주세요.

안녕하세요, 멘토님? 뭐 딱히 고민이 있는 것은 아니고요. 제가 요즘 곰곰하게 생각하는 것을 멘토님께 털어놓을까 하고 이렇게 메일을 드립니다.

저는 흔히 말하는 '아싸'입니다. 아싸가 뭔지 아세요? 아웃사이더의 줄임말이랍니다. 처음부터 아싸가 되겠다고 작정한 건 아닌데 어쩌다보니 아싸가 되었습니다. 중·고등학교 시절에는 이렇지 않았어요. 친구가 많지는 않았지만 그래도 두어 명 친한 친구들이 있었어요. 왕따를 당한 적도 없어요. 전 그냥 평범한 애였답니다.

그런데 어찌된 일인지 대학에 와서 아싸가 됐어요. 선배들을 대하는 것부터 시작해서 대학에 와서 모든 관계가 서먹하고 어려웠어요. 어떤 무리에 끼어야 할지 눈치를 보게 되고….

　결국 선배나 동기와 부딪히지 않으려고 시간표를 짰어요. 내가 학교 오기 편한 날 위주로, 내가 듣고 싶은 과목으로, 내 동선에 맞춰서요. 그랬더니 학교 나오는 날이 그리 많지 않았죠. 언제부터인가 오리엔테이션에서 알게 된 친구, 과 모임에서 인사를 나눈 선배들과도 서먹해졌어요. 처음에는 눈인사라도 했는데 나중에는 처음부터 모르던 사이처럼 지내게 되었습니다.

　그렇게 2년이 흘렀습니다. 학교에서의 제 생활 반경은 조금씩 좁아진 것 같아요. 예전에는 강의실, 도서관, 식당, 잔디밭이었다면 이젠 강의실 정도입니다. 학교에서 밥도 잘 먹지 않고 도서관도 잘 가지 않아요. 강의가 없으면 학교에 올 이유가 없어 집에서만 보냅니다.

　'그래서 뭐가 문제냐?'라고 물으신다면 멘토님, 저도 사람인지라 혼자가 편하면서도 외로운 게 사실이에요. 여자 친구나 단짝 친구가 없어도 괜찮아요. 그냥 길을 가다 마주치면 인사를 나누고 안부를 묻는 사람들이라도 있었으면 좋겠어요.

　이 사연을 읽고 마음이 아팠다. 편지를 쓴 멘티에게 친구가 없고 혼자라는 사실 때문만은 아니다. 그것은 나중의 문제다. 이 메일을 쓴 멘티가 자신의 마음을 소중히 돌보지 않았다는 점이 가장 안타까웠다.

　이 친구는 2년을 아싸로 사니 문득 외로움을 느꼈다고 하는데 짐작건대 멘티 스스로 자신의 솔직한 마음을 잘 몰랐던 게 아닌가 하는 생각이 들었다.

그는 자신의 마음의 소리에 귀 기울이지 않았다. 마음은 분명 '나는 외로워!' '친구가 있었으면 좋겠어!'라고 외치고 있었다. 그런데 그 말은 듣지 않고 혼자가 편하고 친구 만들기가 어렵다는 사실에만 집중했을 것이다.

사람은 누구나 새로운 사람과 관계 맺는 것을 어려워한다. 저 사람과 친구가 될 수 있을지, 저 사람과 내가 잘 맞을지를 생각하면 관계 자체가 부담스러워 피하게 된다.

물론 사람들과 멀어지고 혼자가 되고 싶을 때가 있다. 그런 시간이 때로는 필요하기도 하다. 그렇다고 해서 혼자가 되기로 작정하고 고립되어서는 안 된다. 관계를 맺는 것이 어색하고 때로는 불편할지 모르지만 우리는 인생길에서 함께 걸어가는 사람들임을 잊어서는 안 된다. 우리는 관계 안에서 온전해지는 존재다.

나는 상담 메일을 보낸 멘티에게 답장을 보냈다. 관계가 우리를 괴롭히는 것이 아니라 '관계는 거추장스러워, 관계는 필요 없어'라는 자신의 마음가짐이 스스로를 외롭게 하고 슬프게 하고 불행하게 한다고 말해 주었다. 관계는 결국 나 자신을 위한 것이고 나를 행복하고 즐겁게 해준다. 무엇보다 관계는 슬픈 일이 있을 때, 그 슬픔을 나누어 준다.

관계 맺는 것이 두렵다면 한 번에 친구를 많이 만들겠다는 큰 목표를 내려놓고 한 사람 한 사람에게 집중할 것을 권한다.

처음에는 눈인사만 하고 나중에는 간단한 인사말을 건네 보라. 어느 정도 인사로 얼굴을 익히면 편의점에서 커피라도 사주며 대화할 수 있는 연결 고리를 만들어 보자. 대화 소재를 찾아보는 것도 좋다. 어제 본 개그콘서트 이야기, 드라마 이야기, 스포츠 경기 등도 좋은 이야깃거리가 될 것이다.

존 던의 시구처럼 모든 인간은 대륙(大陸)의 한 조각이며, 대양(大洋)의 일부다. 그 어느 누구도 하나의 섬이 될 수는 없다.

3 연인은 내 어깨에 날개를 달아 주는 사람

내 가슴에 당신의 사랑집 한 채 짓고 싶습니다
당신과 함께 맞이할 날들을 꿈꾸며
내 가슴에 사랑집 한 채 짓고 싶습니다
가두는 사랑 아닌
이 땅에서 당신이 마음껏 소망의 날개 짓을 펴는 사랑
그런 사랑이고 싶습니다
내 가슴에 당신의 사랑집 한 채 짓고 싶습니다

이 시는 장시하 시인의 《별을 따러 간 남자》라는 시집에 나와 있
는 시의 일부다. 이 시가 이야기해 주듯 청춘은 사랑에 대한 꿈과 기
대가 있다.

데이트를 위한 멘트

이성 교제는 배우자를 만나는 기회도 되지만 친밀한 대인 관계를 맺는 기술도 배울 수 있게 한다. 또한 결혼에 대한 막연한 기대보다는 구체적으로 계획하게 한다. 비현실적인 환상에서 벗어나 현실과 실상을 보게 한다.

이것이 이성 교제의 사회화의 기능이다.

우리는 동성 친구보다 가까운 이성 친구를 통해서 자신의 장단점을 객관적으로 파악할 수 있다. 이성 친구를 통해 자신도 몰랐던 나를 발견할 수 있다. 또 이성과의 관계 속에서 사랑의 기쁨과 좌절을 경험하며 자신의 행동이 타인에게 어떤 영향을 주는지 알게 되면서 자신의 행동을 자각하기도 한다. 이것이 이성 교제의 성장의 기능이다.

이성 교제는 생활에 활력과 만족을 준다. 나를 이해하고 아껴 주는 누군가가 이 세상에 있다는 것은 참으로 행복한 일이다. 이것이 이성 교제의 오락의 기능이다.

마지막으로 이성 교제를 통해 우리는 배우자를 선택할 수 있다. 또 자신에게 알맞은 배우자 상을 확립하고 좋은 배우자를 선택하는 안목을 키우기도 한다.

그런데 요즘 젊은이들의 데이트가 걱정되는 이유는 무엇일까? 이성 교제에도 몇 가지 단계가 있는데 모두 무시하고 나가는 경향 때

문이다. 단계를 제대로 밟지 않으면 관계가 삐거덕거리고 여러 문제가 발생한다. 연애를 단지 즐거움의 수단으로 즐기자는 것으로 생각하는 경우가 많다. 가장 큰 문제는 혼전 성관계다. 요즘 젊은이들은 육체의 순결을 너무도 값어치 없이 여긴다. 순결을 구시대 유물이라고 여기기도 한다. 크게 잘못된 생각이다. 육체는 정신을 담는 그릇이다. 육체는 병들었는데 정신만 온전할 수는 없다. 따라서 우리는 각자의 육체를 돌볼 의무가 있다.

진정한 사랑이라는 확신 없이 맺는 성관계는 우리의 정신과 육체에 상처를 남길 수 있다. 처음에는 '별일 아니야' '연애하다 보면 그럴 수 있지' '요즘 다들 그러잖아' '나만 이런 게 아닌 걸' 하고 아무렇지 않게 쿨한 척 넘길 수 있다.

하지만 그 관계가 깨지고 시간이 지나면서 그림자가 드리운다. 이성을 대하는 태도가 부자연스러워지고 사랑에 대한 가치관이 크게 뒤틀릴 가능성이 높다. 사랑으로 다가오는 사람을 왜곡해서 보기도 한다. 따라서 진정한 사랑이라는 확신이 설 때까지, 그 사랑이 결혼으로 이어질 때까지 육체를 잘 돌보겠다는 마음가짐이 필요하다.

순결의 가치를 하찮게 여기는 사람들이 많아진 이 시대에서 어떻게 순결을 지킬 수 있을까? 순결을 위해서는 성에 대한 건전한 가치관이 필요하다. 진정한 사랑의 가치를 인정하고 결혼을 통해 사랑이 완성되기 전에는 성관계를 미루어야 한다. 가장 소중하고 아름답고 가치 있는 혼수는 순결이다.

그런데 문제는 이렇게 생각하는 젊은이들이 많지 않다는 것이다. 다른 여러 가지 장점에 끌려서 이성을 사귀었는데 성에 대한 가치관이 크게 다르면 싸우고 갈등하게 된다. 보통 이런 일로 문제가 생기면 남성보다 여성들이 더 혼란스러워한다. 성관계를 원하는 남자 친구가 '나를 사랑한다면 같이 자야 한다' '사랑한다면 이게 왜 문제가 되느냐?'라고 말하면 여성들은 고민하게 된다.

이런 일을 막기 위해 여성 멘티들이 활용할 수 있는 몇 가지 방법이 있다. 우선 남자 친구와 교제를 하기 전에 남성에게 성에 대한 태도와 기준을 분명히 전달해야 한다. 상대방이 가진 성에 대한 가치관이 나와 크게 다르다면 교제를 다시 생각해 봐야 한다.

또한 귀가 시간을 지키고 성적인 호기심을 조장하는 환경이나 기회는 만들지 말아야 한다. 돌발적인 상황에서 일어날 수 있는 성관계를 방지하기 위해서다.

연애냐? 사랑이냐?

누군가가 나에게 '당신이 지금까지 살면서 가장 잘한 일이 무엇인가?'라고 물으면 지금의 남편을 만나 사랑하고 인생을 함께한 것이라고 대답하고 싶다. 남편은 진정한 사랑이 한 인간을 어떻게 빚어 가는지 또한 어떻게 긍정적으로 변화시킬 수 있는지 보여 준 사람이다.

그런 점에서 나는 20대에는 반드시 사랑을 하라고 말한다. 여기서 내가 말하는 사랑이란 멘티들에게 익숙한 연애와는 개념이 조금 다르다. 우리 멘티들은 내가 젊었던 시절보다 연애를 많이 한다. 사회에서는 여러 사람을 만나 연애하고 자유분방하게 사랑하라는 분위기를 만들어 간다.

　진짜 사랑이 무엇인지 경험으로 안 나로서는 젊은이들이 동경하는 '쿨하고 멋진 연애'가 굉장히 공허하게 들린다. 드라마나 영화 속에서 쉽게 만나고 헤어지는 쿨한 연애는 멋있어 보이지만 실은 상처 입는 것을 두려워하는 겁쟁이들의 자기방어일 뿐이다.

　진정한 사랑은 매우 값지고 찬란하지만 고통과 책임을 동반한다. 그런데 이 고통과 책임을 지기 싫어하는 젊은이들은 사랑이 아닌 연애만 하려고 한다. 연애는 사랑보다 가볍고 헤어지면 그것으로 끝이고 상대가 얼마나 고통 받고 상처를 입든, 책임을 지지 않으려 한다.

　참된 사랑은 멀리하고 연애만 하려고 하는 요즘 세태가 다소 걱정스럽다. 진정한 사랑은 영혼을 성숙하게 한다. 그러나 인스턴트 연애는 말초신경만 만족시킬 뿐이다. 20대에 유익한 데이트, 바람직한 이성 교제의 방법을 바로 알아, 짧게 만나고 헤어지는 일회성 연애가 아닌 진정한 사랑을 만들어 나가기를 바란다. 연애는 즐겁고 멋있어 보이지만 사랑은 값지고 찬란하다.

H2C 출간을 축하드립니다.

사랑하는 당신의 저서 출간을 앞두고 축하의 글을 쓰려니, 당신과 함께했던 지난 35년이 필름처럼 지나갑니다. 당신은 정말 하나님이 내려 주신 '제 생애 최고의 선물'이었음을 고백합니다.

35년간 당신이 베풀어 주셨던 크고 작은 사랑들…. 그저 저의 작은 두 손으로 받을 뿐이었답니다.

그러나 그 사랑, 이제 초록빛 사랑, 푸른빛 사랑되어 제 마음의 앨범에 곱디고운 모습으로 남아 있을 것입니다.

20대, 사랑의 계절 - 첫사랑 당신을 만나 '당신하고 함께하는 일마다 남들 보기 별일 아닌 것 같아도 나에겐 모두가 귀중한 별일이 되었던 시절'이었습니다.

30대, 시련의 계절 - 생명보다 사랑하는 아들을 천국에 보내고 하루를 버틸 힘이 없을 때 당신은 그 어느 때 보다도 단단히 저를 붙드셨습니다.

40대, 안식의 계절 - 당신은 저를, 당신의 소유물로서가 아니라 한 존재로 사랑해 주었습니다. 마치 '아내 잘해주기 경연대회' 나온 사람처럼 사랑해 주었습니다.

50대, 비전의 계절 - 당신은 아내 안의 작은 보석을 캐내고 격려해 주는 광부셨습니다. 비전을 붙들게 하셨고 제 삶에 날개를 달아 주셨습니다.

지(知)와 정(情)이 조화를 이룬 당신의 모습, 번뜩이는 천재성, 저를 놀라게 하는 창의성, 높고 귀한 삶의 비전, 누구든 품을 수 있는 열린 사고, 60이 넘어도 큰 꿈을 지니고 다니는 영원한 청년, 당신을 존경합니다.

한 가정의 다정한 아빠로, 한 여인의 헌신적 남편으로, 경영의 아름다운 협주곡을 지휘하는 마에스트로로서 오늘 이렇게 당신을 세워 주신 하나님께 감사드립니다.

앞으로도 홈플러스 가족 모두 함께 홈플러스를 'World Best Retailer'로 세워 가는 꿈과 이웃봉사의 꿈 등 기업과 가정을 향한 당신의 소중한 꿈이 주님의 축복 속에 꽂히고 열매 맺길 기도합니다.

2009년 7월,
저서 출간을 축하드리며,
당신의 오리 드림

이 편지는 이승한 회장의 경영 저서
《창조 바이러스 H2C》의 출간을 축하하고 기념하는 글이다.

4 가족은 내 삶의 그루터기

우리 집 문지방을 낮추사
어린아이나 비틀거리는 사람이 걸려 넘어지지 않게 하소서
또한 거칠고 강한 문지방도 되게 하사
유혹하는 자들이 들어올 수 없게 하소서

—토마스 캔

사회학자를 비롯하여 모든 사람의 화두가 행복한 사회다. 사회가 행복하려면 가정이 행복해야 한다. 가정 만족도가 곧 사회 만족도다. 일터에서 아무리 성공해도 가정에서 성공하지 못하면 누구 하나 성공한 인생이라 박수쳐 줄 수 없을 것이다.

미국의 9·11사태 때 쌍둥이빌딩이 무너져 내리기 5분 전, 희생자들이 마지막으로 한 일은 무엇이었을까? 많은 이들이 사랑하는 가족에게 전화를 걸어 사랑한다고 말했다고 한다. 가족은 지친 이에게 죽어가는 생명을 붙드는 힘이자 마술이다.

가족은 사람이 태어나서 처음으로 맺는 인간관계다. 자라면서 엄마와 눈을 맞추고 아빠의 품에 안기고 형제들의 돌봄을 받는다. 관계를 다룰 때 가장 중요한 영역이 바로 가족이다. 가정은 한 사람의 인격을 형성하는 데 커다란 영향을 미친다.

가정과 가족의 영향에서 완전히 자유로운 사람은 없다. 그렇게 영향력이 크고 사랑하는 존재이기 때문에 오히려 상처를 받는다. 그 상처는 어느 누가 준 상처보다 오랫동안 우리를 괴롭힌다. 이것이 우리 인간의 딜레마다.

살면서 힘이 들 때, 제일 먼저 가족에게 위로받아야 하지만 오히려 가정에서 학대당하고 멸시를 당하기도 한다. 서로 자존감을 세워 주어야 하는데 자존감을 무너뜨리기도 한다.

세상에서 얻은 피로와 찌꺼기들을 가정에서 정화해야 하는데 오히려 더러운 오물을 뒤집어쓰기도 한다. 추워하지 말라고, 비 맞지 말라고 신께서 주신 가정의 울타리에서 비를 맞고 오들오들 떨고 있는 불쌍한 영혼들이 많은 것이다.

가족에 대한 애정이 회복되어야 사회와의 관계도 회복될 수 있다.

그러나 청춘의 계절에는 자칫 가정에 소홀하기 쉽다. 부모님보다 친구들이 더 좋고 집보다는 세상이 더 재미있게 느껴진다.

우리 가족은 서로에 대한 애정을 편지로 표현한다. 우리 집은 보물처럼 귀히 여기는 것들이 있다. 값비싼 골동품도 보석도 아니다. 그 보물은 바로 종이에 손글씨로 정성껏 쓴 편지들이다. 그 보물 중 하나를 나누고자 한다.

이 편지는 수년 전, 〈한국일보〉사의 부탁을 받고 기고했던 글이다. 신문사에서 동판을 만들어 보내 주었는데 이것 역시 우리 가정의 보물이 되었다.

참고로 이 글에서 등장하는 '오리'는 신혼 시절 마음이 상해서 삐칠 때마다 입을 쑥 내밀던 나의 모습이 흡사 디즈니 영화에 나오는 오리 같다 해서 남편이 지어 준 별명이다.

사랑하는 아내 오리와 딸 현주에게

당신과 함께 맞는 27번째 5월.

가슴 저리게 떠오르는 일이 많아요. 오래 전 우리의 사랑이자 생명이었던 아들 서주가 하늘나라로 간 것도 봄꽃이 세상을 환하게 밝힌 5월이었지요.

귀여운 딸 현주가 의젓한 편지로 슬픔에 잠긴 우리에게 한줄기 삶의 밝은 빛을 주던 것도, 그리고 2년 전 삼성물산 유통부문 대표이사로서 영국과의 합작을 성공적으로 성사시킨 때도 5월이었지요.

사랑하는 오리.

나는 세상에서 제일 행운아입니다.

당신은 나의 존경하는 아내, 가장 친한 벗, 사랑하는 연인, 그리고 똘마니이자 보스이기도 합니다.

힘겹고 어려울 때마다 내게 가장 많은 힘과 용기를 주었던 사람은 바로 당신이었지요.

합작 후 삼성테스코 홈플러스를 세계 최고 유통기업으로 만들기 위해 쉼 없이 달려오던 중 병원 신세를 져야 했을 때 가장 큰 위안이 되었던 사람도 당신과 현주였습니다. 이건 나의 행운이지요.

사랑하는 오리, 우리는 슬픔과 시련을 통해 참된 인생의 가치를 알았습니다. 세월의 흐름이 얼마나 빠른지 그저 놀랍기만 합니다.

소중한 아들 서주를 하늘나라로 떠나보내고 당신마저 충격으로 기쁨도 슬픔도 느끼지 못한 채 암 선고를 받고 투병 생활을 하는 크나큰 시련이 닥쳐왔지만, 하나님의 은총과 우리 가족의 사랑이 있었기에 굳건히 다시 일어날 수 있었지요.

우리 가족의 소중한 사랑도 슬픔과 고통의 긴 터널을 함께 지나왔기에 더욱 영글어질 수 있었던 것 같습니다.

오리 씨,

우리는 인생의 스티어링 휠(Steering Wheel)을 함께 디자인했지요.

인생을 살아가는 데는 가족, 건강, 친구, 일이 가장 중요하다고 생각을 같이 했지요.

그리고 가족에 대해서는 신혼처럼 지내고 취미를 같이 하고 봉사하는 가족이 되자고 목표를 세웠지요. 그런데 실은 늘 맘에 걸리는 것이 월 1회 연애편지 쓰기 목표를 지키지 못하고 있는 것입니다. 이번에 한꺼번에 편지를 보냅니다.

1월 분, 나는 당신을 사랑합니다.

2월 분, 나는 당신을 더욱 사랑합니다.

3월 분, 나는 당신을 더욱더 사랑합니다.

4월, 5월 분은 몰아서 이 편지로 대신해도 될까요. 좀 봐주세요.

그리고 또 하나의 목표인 봉사하는 가족으로 누군가에게 사랑과 기쁨을 줄 수 있도록 노력합시다.

문득 당신이 얼마 전 33년간의 손때 묻은 일기를 묶어 펴낸 책 《사랑하는 사람을 위해 오늘을》에서 얘기한 말이 생각납니다.

"…그러나 한 가지 절대로 변하는 않는 유일한 것은 내가 당신을 사랑한다는 것입니다."

정말 내가 오리에게 하고 싶은 말입니다.

사랑하는 오리 씨,

내가 한 가지 소망이 더 있는 것 알고 있어요?

그것은 음, 우리 부부가 비슷한 시기에 함께 이 세상을 떠나는 거랍니다.

현주야, 미안하다.

2001년 5월
당신의 승환으로부터

사람들과 관계를 맺는 데 어려움을 느낀다면 원가족에서 문제가 시작되었을 가능성이 크다. 심각한 부부 문제도 그 원인을 찾아 올라가 보면 원가족에서 받은 상처에서 기인되는 경우가 많다.

대인관계 심리학에는 '1+1이론'이 있다. 하나는 지금 보이는 현상이고 또 하나는 내면에 숨어 있는 무의식의 세계다. 이 무의식에 새겨진 원가족과의 경험이 이후 사회에서 만나는 모든 대인관계에 영향을 끼친다는 것이다. 따라서 가족과 더 많이 대화하고 느끼고 사랑하는 것이 얼마나 중요한가를 알아야 한다.

앞에서 우리 집 보물을 공개한 것도 그런 이유다. 편지로 마음을 표현하는 것은 어려운 일이 아니다. '가족끼리 무슨 편지야?'가 아니고 가족이니까 편지로 마음을 표현하는 것이다. 그렇다. 가정은 한 인간이 자라나고 편히 쉴 수 있는 우리 삶의 그루터기다.

청춘이 만들어 가는 희망 가족 플랜

'행복한 가정 만들기 노하우'를 멘티 여러분에게 전수할까 한다. 관계로 인해 상처받고 경쟁에 지쳤을 때 우리를 위로하고 다독여 줄 수 있는 것은 가족뿐이다. 멘티 여러분들이 그 귀하고 귀한 가족들과 함께 행복 항구에 오랫동안 머물 수 있는 비결 다섯 가지를 소개하고자 한다.

첫째, 눈으로 함께 비전을 바라보라!

가정의 비전선언문을 만들자. 미래의 큰 그림을 함께 그리고 바라보는 가정은 사소한 것으로 싸우지 않는다. 가정의 비전을 함께 세우는 과정은 가족이라는 울타리를 든든히 엮어 주는 역할을 한다. 이는 가족의 평화뿐 아니라 개개인의 자존감을 높이고 꿈꾸는 데도 큰 도움이 된다. 가정 비전선언문을 작성하고 뛰는 가슴으로 살아 보자.

둘째, 가슴으로 뜨겁게 감사하라!

하루에 세 번 이상 고맙다고 말해 보자. '고마워'라는 세 글자는 가족의 삶이라는 자동차를 움직이게 하는 연료다. 부모가 일을 하고 생계를 책임지는 것을 자녀들은 너무 당연하게 여긴다. 열심히 일하여 돈을 벌고 가정을 책임지는 것이 부모의 할 일이겠지만 그렇다고 그 일이 쉬운 것은 아니다. 때로는 일이 고되고 때로는 스트레스 받을 때도 있고 어쩌면 실직을 염려할 수도 있다.

부모님이 월급을 받은 다음 날은 '감사의 날'로 만들어 그동안의 노고에 대해 감사하자.

셋째, 귀로 살짝 들어주라!

요즘 가족들은 대화가 없다. 투명인간으로 살아가는 가족도 많다. 집에 와서 하루 동안 있었던 이야기를 나누기보다 각자 방으로 들어가 텔레비전을 보거나 인터넷을 한다. 그러나 가족 중 누군가는 이야기를 나누고 싶어 한다. 자녀들은 부모님이 하는 말을 귀찮아하고 성가셔한다. 무심코 하는 자녀의 짜증 섞인 대답에 많은 어머니들은 가슴 아파한다. 자녀의 따뜻하고 공감하는 경청이 부모님의 주름살을 펴드린다.

넷째, 입술이 닳도록 칭찬하라!

칭찬의 달인이 되어 보자. 사람은 칭찬 받으면 칭찬 받은 대로 되고 싶어 한다. 그래서 칭찬 대로 살아간다. 이것을 자성예언(self-fulfilling prophecy)이라고 한다.

"엄마는 젊어 보여요. 열 살이나 어려 보여요."

"엄마가 만든 음식이 최고야. 예술이야."

"아빠는 뒷모습만 보면 아직도 청년 같아. 아빠는 어깨가 넓어서 멋있어. 누가 아빠를 보고 50대라 하겠어?"

이런 칭찬이 부모님을 신바람 나게 한다. 결국 그 신바람으로 멘티들의 용돈도 올라가지 않을까? 그리고 더욱더 사랑받지 않을까?

다섯째, 발로 걸어 나가 배웅하라!

부모님, 또는 그 외 가족을 배웅한 적이 있는가? 어렸을 때는 출근하는 부모님께 인사하며 볼에 뽀뽀도 해드렸을 것이다. 그러나 자라면서 서로 바쁘고 다 컸다는 이유로 배웅을 못하고 사는 것이 현실이다.

배웅에는 '당신께 감사해요' '당신을 위해 기도할게요'라는 의미가 있다. 부모님이나 가족 중 누가 외출하거나 일하러 나가면 배웅하기를 잊지 마라. 출입 과정에 함께한다는 것은 그를 응원하고 그가 하는 일에 힘을 실어 주는 것이다.

이같은 희망 플랜이 밖에서 받은 상처, 일과 학업으로 인한 스트레스, 공허감 등을 가정에서 극복할 수 있게 도와줄 것이다. 아무쪼록 희망 플랜으로 서로 사랑하며 신뢰 관계를 쌓아 행복한 가정이 되기를 바란다.

5 이웃을 통해 온전해지는 나

우리는 관계 안에서 비로소 온전해진다. 인격의 성숙도는 그 사람의 대인관계로 가늠할 수 있다. 이웃과 관계를 맺는 데는 대화의 방법이 굉장히 중요하다. 대화는 관계의 중요한 도구이기 때문이다. 말 한마디에 천 냥 빚을 갚기도 하고 말 한마디에 큰 싸움이 되기도 한다. 어떻게 말하느냐에 따라 갈등이 풀리기도 하고 상황이 더욱 꼬이기도 한다. 좋은 이웃을 만드는 것은 좋은 대화를 얼마나 잘하느냐에 달렸다.

이웃과의 삶을 위한 청춘 대화법 20계명을 소개한다.

1. 상대방의 말에 동의하지 않을 때에도 "…라는 말씀이지요?"라

고 반영해 주자. 그러면 설사 내가 동의하지 않더라도 상대방은 경청받고 있고 존중받고 있다고 느끼게 된다.

2. 과거는 들추지 말고 지금, 여기(Here & Now)에 근거해서 대화하자. 과거를 들추면 상대방은 자신의 잘못을 추궁 당하고 있다고 느끼게 된다.

3. 상대방을 공격하지 말고 그로 인해서 내가 느끼는 감정만을 전하는 나 표현법(I Message)을 사용하자. 나의 마음을 표현할 때 상대편은 화를 낼 필요가 없다. "대화하는 태도가 왜 그래요?"라고 말하는 공격적인 말투를 버리고, "그렇게 말씀하시니 제 마음이 아프고 쓸쓸합니다"라는 자신의 감정만을 전달해 보자.

4. FAMILY(Friendly, Attentive, Me too, Interest, Look, You're centered) 대화법을 활용하자. 친근한 모습(Friendly)으로 경청하고(Attentive) '나도 그래(Me too)'라고 동의하며 관심(Interest) 어린 시선(Look)으로 들어주고 '당신이 주인공입니다(You're centered)'라는 자세를 취한다.

5. 미인대칭(미소 짓고 인사하고 대화하고 칭찬하자)을 실천하자. 세상에서 가장 아름다운 입술은 미소 짓는 입술이며 가장 아름다운 눈은 상대방에게 칭찬할 만한 것을 보는 눈이다. 세상은 그 자체가 거울이다. 거울은 결코 나보다 먼저 웃지 않는다. 내가 웃어야 거울 속의 내가 웃는다. 웃으면서 먼저 인사하고 칭찬으로 대화를 이어 가자.

6. 상대방의 원가족에서의 상처를 끌어안고 돌보아 주면서 대화하자. 인간관계란 원가족에서의 관계 경험이 현재에도 영향을 미치

는 전이의 전쟁터임을 인지하고 상대방의 그림자를 보듬어 가는 대화, 대인관계를 엮어 가자.

7. 상대방의 관심사를 이슈로 삼자. 상대방의 꿈, 취미 등을 화제로 삼으면 깊은 대화를 나눌 수 있어서 좋다. 상대방이 좋아하는 음식, 배우, 스포츠 등. 좋은 감정을 끌어내면 다소 껄끄러운 관계일지라도 이야기를 화기애애하게 할 수 있다. 가려운 곳을 긁어 주자. 상대가 자랑하고 싶고 인정받고 싶어 하는 부분을 화두로 삼자.

8. 상대방의 잘못된 점을 직언하기 전에 진정 상대방을 사랑해서 그의 성장을 위하여 이 말을 하는가 다시 한 번 나 자신을 점검하고 직면하자.

9. 상대방이 자신의 욕구를 조금만 표현하는 미니마이저(minimizer)인가, 욕구를 과장되게 표현하는 맥시마이저(maximizer)인가 파악하자. 미니마이저, 과소형의 욕구 표현은 상대가 표현하는 것보다 크게 받아들이고 맥시마이저, 과대형의 욕구 표현은 표현하는 것보다 축소시켜 인지해도 된다.

10. 문제 중심적 대화가 아닌 해결 중심적 대화로 이끌어 보자. 해결하지 못하는 문제는 없다는 긍정적인 시각으로 대화를 이끌어 가자. 해결의 가능성을 열어 놓고 긍정적인 자세로 대화하자. 이때 유머라는 양념이 필요하다.

11. 상대가 감정형인가, 사고형인가를 파악해서 기질에 맞춰 대화하자. 감정형은 기분에 좌우되고 사고형은 논리를 중요시한다. 감정

형은 공감대를 형성하는 라포(rapport) 형식, 사고형은 사실을 전달하는 리포트(report) 형식의 대화를 선호한다.

12. 성차를 염두에 둔 대화를 하자. 예를 들면 남자는 일 중심, 여자는 관계 중심의 대화를 좋아한다.

13. 주관적이고 자기중심적 경험에서 벗어나 자유롭고 열린 시각으로 상대방을 바라볼 수 있도록 하자.

14. 문제의 외재화(externalization of the problem)를 시도하자. 즉, 문제와 사람을 분리하고 문제는 미워하지만 문제를 갖고 있는 사람은 미워하지 말자. 상대방의 미움을 받고 있다고 오해하면 대화가 원활하게 진행되기 어렵다.

15. 고개 끄덕임(nodding), 시선 맞추기(eye contact), 맞장구(humming sound) 등의 공감 방법을 활용하자.

16. 남의 의견을 들을 때는 모든 것을 알고 있다는 식의 전지자, 옳고 그름을 가리려는 도덕가, 평가를 내리는 판단자, 분석만 하려는 분석가가 되지 않도록 주의하자.

17. 상대가 말하는 도중에 끼어들지 말자. 끝까지 충분히 들어 주자.

18. 비난이나 건의는 완곡하게 말하자. "이건 제 생각이지만…" "이렇게 하는 것이 좋을 것 같아서 말씀 드리자면…"이라고 하면 비난이나 건의도 완곡해진다.

19. 대화의 장소도 고려하자. 상대의 말이 잘 들리고 대화를 부드럽게 끌고 갈 만한 장소가 좋다.

20. 상대방의 신성(神聖)을 찾아내는 대화와 대인관계를 만들어 가자. 끝없이 공감해 주며 무조건적으로 수용해 주며 진심으로 격려해 주는 관계라면 상대방은 자신 안에 잠자고 있던 가장 좋은 최고의 기질, 마치 신을 닮은 기질을 발현할 것이다. 이것이 상대방의 신성을 찾아내는 대인관계라고 할 수 있다.

대화는 서로 마주하며 이야기를 나누는 것이다. 그래서 대화는 관계를 맺는 중요한 방법이다. 관계는 상대방과 서로 통하는 소통이 되지 않으면 불편해지고 아픔까지 준다.《동의보감》에는 '통즉불통 불통즉통(通卽不痛 不通卽痛)'이란 말이 있다. "통하면 아프지 않고, 통하지 않으면 아프다"라는 뜻이다. 즉 인간관계도 통해야 아프지 않다. 마음이 아프지 않으려면 주변 사람들과 잘 통해야 한다.

6 함께 걸어가는 사람들을 위하여

얼마 전 헤이리 예술마을에 들른 적이 있다. 평소 좋아하는 책과 미술 등이 있는 예술의 거리, 북하우스에서 《배려》라는 책이 눈에 띄어 집어 들었다.

수석으로 입사하여 고속 승진을 계속하던 주인공 '위'가 갑자기 정리 대상으로 지목되고 프로젝트 1팀으로 발령 받으면서 겪게 되는 이야기가 한국형 우화로 재미있게 구성되어 있었다. 그 과정 속에서 주인공 위는 경쟁보다는 배려가 인생을 지탱해 주는 것임을 깨닫게 된다.

배려, 관계의 최상의 도구

과연 배려란 무엇인가? 생각에 잠겼던 차에 문득 '찢어진 우산'이라는 단어가 떠올랐다. 비가 올 때 크고 넓은 우산을 가지고 있다면 좋을 것이다. 자기는 물론 남과 나누어 쓸 수 있는 여지가 있을테니 말이다. 그렇지만 작고 찢어진 우산이라도 있다면 우산이 없는 사람과 나누어 쓸 수 있는 마음가짐, 그것이 진정한 배려가 아닐까?

실상 큰 우산을 나누어 쓰는 것도 대단히 어려운 일이다. 워렌 버핏의 기부가 그것이다. 워렌 버핏은 약 300억 달러(30조 원)라는 천문학적 규모의 기부금을 핵심 역량을 가진 곳에 기부하겠다고 밝히며, 빌 게이츠 재단에 기부했다.

빌 게이츠 또한 죽기 전 500억 달러에 해당하는 재산 95퍼센트를 모두 기부하겠다고 밝혀 워렌 버핏과 빌게이츠는 사회적 책임을 다하는 재벌로서, 큰 우산을 나누어 쓰는 모범적 사례를 보여 주었다. 하지만 세상에는 큰 우산을 가진 사람이 많지 않다. 큰 우산을 나누어 쓰면 좋겠지만, 찢어진 우산이라도 나누어 쓸 수 있다면 의미가 있지 않을까? 자신이 어려운 상황에서도 상대방의 입장에서 생각하고, 상대방을 편안하게 해주는 것, 그것이 바로 배려다.

우리는 배려하지 못하는 사람으로 인해서 종종 상처를 입기도 한다. 내가 런던 지점장으로 근무하던 시절, 첫아이를 출산한 아내에게 꽃을 선물하고 싶어 꽃집으로 달려갔다. 그런데 바로 꽃집 폐점

시간 무렵이었고, 아무리 상황을 설명해도 점원은 단호하게 'Sorry!'
라며 문을 닫았다. 무척이나 서운했던 마음에 지금까지 생각이 난다.
하루 종일 일하느라 피곤했겠지만 상대방을 조금만 배려했더라면,
지금까지 이렇게 아쉬운 마음이 남지는 않았을 것이다.

　　장대비가 퍼붓는 날, 장대비를 맞으며 앞서가는 그 사람에게 찢어
진 우산이라도 같이 쓰자고 제안한다면 앞서가던 그 사람은 찢어진

우산을 나누어 썼기에 비록 비는 엄청 맞아도 마음은 한없이 따스했을 것이다. 그 찢어진 우산은 그에게 그 어떤 근사한 우산보다도 커다랗고 따뜻한 우산일 것이다.

장대비 속에 비 맞고 가는 그에게 나의 찢어진 우산을 내밀 수 있는 마음, 그 마음으로 친구, 연인, 가족, 이웃을 배려하고 사랑했으면 좋겠다.

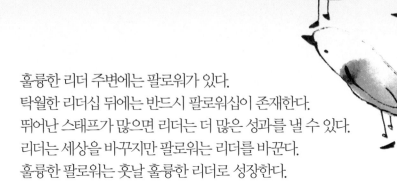

훌륭한 리더 주변에는 팔로워가 있다.
탁월한 리더십 뒤에는 반드시 팔로워십이 존재한다.
뛰어난 스태프가 많으면 리더는 더 많은 성과를 낼 수 있다.
리더는 세상을 바꾸지만 팔로워는 리더를 바꾼다.
훌륭한 팔로워는 훗날 훌륭한 리더로 성장한다.

PART 5

따라가는 삶,
이끌어 가는 삶

1 리더가 될까, 팔로워가 될까?

우리에게는 외부와 연결되려는 욕망과 혼자만의 시간과 공간을 가지려는 욕망이 있다. 그러기에 앞으로 우리는 때로는 리더가 되고 때로는 팔로워가 되어 인생을 살아갈 것이다. 어떤 사람은 리더만 맡고 어떤 사람은 팔로워만 맡는 일은 상당히 드물다. 따라서 리더십과 팔로워십 모두에 익숙해야 하며 내가 둘 중 어떤 것에 더 적합한지를 알고 있어야 한다.

멘티들에게 '리더십과 팔로워십'에 대한 이야기를 자유롭게 나누어 보자고 제안했다. 20대의 젊은 멘티들은 꿈이 크고 이상이 높기 때문인지 대부분 리더 역할에 대한 환상, 혹은 선망 비슷한 것을 갖고 있었다.

"리더는 결정권자잖아요. 강력한 카리스마가 있고요. 스티브 잡스 같은 리더는 때로 비난을 받기도 했지만 그래도 많은 사람이 그를 부러워해요. 아마도 카리스마 때문이겠죠?"

멘티들은 대체로 팔로워보다 리더의 역할을 선망했다. 하지만 막연하고, 무조건적이지는 않았다. 동시에 카리스마만 있다고 해서 모두가 리더가 되는 것은 아니라는 사실도 알고 있었다. 모름지기 리더란 팔로워들을 이끌어 나갈 자질이 있어야 한다고 입을 모아서 말했다.

"조정 경기를 할 때 팀원들을 다독이며 팀을 끌고 나가던 〈무한도전〉의 MC 유재석 씨를 보면서 그런 생각을 했어요. 자질이 먼저고 카리스마는 그 다음이라고요."

"리더라면 카리스마, 자질 다 갖추어야 하지만 무엇보다도 팀원들을 위해서 헌신할 줄 알아야 된다고 생각해요. 〈슈퍼스타K3〉를 보면서 그걸 느꼈어요. 울랄라세션의 리더인 임윤택은 팀원들을 위해서 자신을 희생할 줄 알았거든요. 리더라고 해서 결정권을 마음대로 휘두를 수 있다고 생각하는 것은 위험한 것 같아요."

"리더는 책임도 막중하잖아요. 결과에 대한 책임은 리더에게 있죠. 전 그런 점에서 리더의 자리가 좀 부담스러워요. 예전에 학급 대표를 맡은 적이 있는데 너무 힘들어서 다시는 하지 않겠다고 결심했어요.

저의 성격과 성향을 봤을 때 저는 리더와 어울리지 않는 것 같아요."

멘티들의 의견이, '리더는 돋보이는 자리인 동시에 자질과 헌신, 책임감을 모두 갖추어야 하는 어려운 자리'로 모아졌다. 타인의 존경을 받는 훌륭한 리더가 되는 것은 쉽지 않다는 데 모두가 동의했다.

리더의 역할에 대해 논의한 멘티들의 화제는 자연스럽게 팔로워의 역할로 넘어갔다. 멘티들은 훌륭한 리더만큼 훌륭한 팔로워들도 많이 있다는 사실을 알고 있었다.
"성공한 팔로워는 성공한 리더보다 조명을 덜 받고 화려하지 않지만 그래도 성공한 팔로워들도 많지 않나요? 가장 대표적인 인물이 삼국지의 제갈량이죠. 저는 중학생 때 삼국지를 읽었는데 다른 애들은 유비와 조조에 매력을 느꼈지만 저는 아니었어요. 저는 제갈량이 가장 좋았어요. 제갈량처럼 훌륭한 팔로워가 되고 싶기도 했고요."

멘티들은 훌륭한 리더가 탄생하기 위해서는 리더의 오른팔 같은 역할을 해낼 팔로워가 무엇보다 중요하다고 생각했다. 논의의 주제는 이제 '어떻게 하면 멘티 개개인이 리더에 적합한지, 팔로워에 적합한지를 알 수 있을까'로 흘러갔다.
두 명의 멘티가 지금부터 리더와 팔로워 역할을 모두 체험해 보는 게 가장 좋다는 의견을 내놓았다. 주변을 돌아보면 또래 집단 안에서 리더나 팔로워 역할을 경험해 볼 만한 기회가 많다.

"가까운 동아리방만 가도 기수 안에서 대표, 부대표들을 뽑으니까 리더십에 관심만 갖고 있으면 체험해 볼 기회는 얼마든지 있어요."

"맞아요. 수업 시간에도 여러 사람이 모여서 함께하는 과제가 있잖아요. 그럴 때 대표로 나서 보기도 하고 팔로워가 되어 보기도 하면 좋을 것 같아요. 그래서 리더와 팔로워 중에 어느 옷이 나한테 더 잘 맞는지 살펴보는 거죠."

멘티들이 리더십과 팔로워십에 대해 자유롭게 논의해 본 결과, 그들은 리더십과 팔로워십 모두 경험해 볼 필요가 있다고 결론을 내렸다. 그렇다. 훌륭한 팔로워가 된 후에 탁월한 리더가 될 수 있다.

2 팔로워는 리더를 바꾼다

"오케스트라는 많은 악기를 연주합니다. 그중에서 가장 지휘하기 어려운 악기가 있습니까? 있다면 무엇입니까?"

세계적인 지휘자, 고 레너드 번스타인(Leonard Bernstein)이 협연을 마치고 가진 기자 간담회에서 한 사람이 번스타인에게 물었다.

그 자리에 있던 많은 사람들이 저마다 생각하는 악기를 말하느라 잠시 웅성거렸다.

번스타인은 이렇게 답했다.

"세컨드 바이올린 주자를 지휘하기가 가장 어려운 것 같습니다. 퍼스트 바이올린을 잘 연주하는 사람은 많습니다. 하지만 세컨드 바이올린을 연주하는 사람 중에 퍼스트 바이올린과 똑같은 열정과 애

188

정을 가지고 연주하는 사람은 찾기 어렵습니다. 다른 악기들도 마찬가지로 세컨드 연주자가 매우 중요합니다. 아무도 세컨드 연주자가 되지 않는다면 퍼스트 연주자의 음에 화음을 넣어 주지 못해 아름다운 음악을 만들 수 없기 때문입니다."

팔로워는 바로 세컨드 바이올린과 같다. 그 자체로 악기지만 음을 리드하는 퍼스트 바이올린이나 피아노에 맞추되 앞서거나 튀지 않아야 하고 숨어서 보완하면서 조화를 만들어 내는 것이다.

"리더는 세상을 바꾸지만 팔로워는 리더를 바꾼다." 훌륭한 리더 주변에는 훌륭한 팔로워가 있다. 탁월한 리더십 뒤에는 반드시 팔로워십이 존재한다. 이것이 팔로워십이 중요한 이유다. 뛰어난 스태프가 많다면 리더는 더 많은 성과를 낼 수 있다. 그만큼 팔로워의 역할이 중요한 것이다.

만약에 리더 주변에 제대로 된 팔로워가 하나도 없다고 생각해 보자. 아무리 뛰어난 리더라도 어떤 일을 수행하기가 무척 힘들고 어려울 것이다. 이러한 사실을 잘 알고 있던 아리스토텔레스는 "남을 따르는 법을 알지 못하는 자는 좋은 지도자가 될 수 없다"는 명언을 남겼다. 리더십 이상으로 팔로워십이 중요한 이유를 정확하게 지적한 잠언이다.

누구나 사회생활을 시작하면 팔로워가 된다. 팔로워십을 알아야 좋은 팔로워가 될 수 있다. 팔로워의 역할은 왜 중요한 것일까? 그렇다면 어떤 팔로워가 훌륭한 팔로워라고 할 수 있을까?

훌륭한 팔로워는 능동적이다. 멘티들은 팔로워라는 말을 들었을 때, 시키는 일만 하고 다른 일은 '나 몰라라' 하는 수동적인 이미지가 떠오른다고 했다. 하지만 훌륭한 팔로워는 자신의 신념을 가지고 있

으며 어떻게 따라갈 것인지 스스로 고민하고 행동한다.

훌륭한 팔로워는 아무 리더나 따르지 않는다. 집단의 발전을 위해서 발 벗고 나서지만 가치와 윤리를 지키는 리더를 따른다. 반대로 리더가 비윤리적이고 비효율적이라면 리더의 결정에 저항도 한다. 리더의 말이라면 무조건 따르고 리더의 눈에 들기 위해 그릇된 일을 하는 팔로워는 팔로워로서 자질이 없다고 봐야 한다.

훌륭한 팔로워는 자기관리에 능하다. 시간 관리를 포함한 능력 관리, 체력 관리에 철저하다. 자신의 능력을 최대한으로 발휘하기 위해서는 환경이나 조건이 뒷받침되어야 하는 것을 잘 알기 때문이다. 팔로워 시절부터 이러한 자질을 키우는 것은 매우 중요하다. 지속적인 자기 계발과 팔로워의 역할을 성실하게 훈련받은 팔로워는 리더로 성장한다. 뛰어난 자기 관리 능력은 주요한 경쟁 수단이 될 수 있다.

마지막으로 훌륭한 팔로워는 자신의 집단에 애정이 강하다. 그들은 리더와 조직을 위해서 헌신할 줄 안다. 이 하나의 사실만 두고 봐도 훌륭한 팔로워는 용기 있고 신뢰할 만한 성품을 가졌다고 볼 수 있다. 이러한 자질을 두루 갖춘 팔로워가 훗날 훌륭한 리더로 성장한다.

미국의 힐러리 클린턴은 1999년에 뉴욕시의 상원의원으로 출마했다. 사람들은 힐러리 클린턴의 첫 행보에 관심을 가졌다. 선거 운

동의 행보는 우선순위를 무엇에 두고 있는지에 대한 직접적인 표현이기 때문이다. 힐러리의 첫 행보는 바로 '경청 투어(Listening Tour)'였다. 투어까지 하면서 힐러리가 사람들에게 듣고 싶었던 내용은 무엇이었을까?

힐러리는 선거 당시 크게 논란이 되었던 의료보험 제도, 교육 문제에 관한 유권자들의 생각을 듣고자 투어를 시작했다고 한다. 다른 후보들은 자신의 생각을 유권자들에게 전달하느라 바빴지만 힐러리는 반대로 유권자의 생각을 듣고자 한 것이다.

힐러리는 '팔로워의 힘'을 알고 있었다. 상원의원에 당선되면 자신을 지지해 준 유권자, 즉 팔로워의 의견에 귀 기울이고 수렴하는 리더가 되겠다는 의미에서 경청 투어를 기획한 것이다.

힐러리가 대통령 선거에 출마했을 때는 인터넷을 통해 유권자들과 실시간으로 대화하기도 했다. 리더라고 권위를 내세우는 것이 아니라 팔로워와 적극적으로 소통하고자 한 것이다.

멘티 여러분은 앞으로 자신이 리더인 동시에 팔로워임을 항상 기억하기 바란다. 어느 집단에서 리더가 되었다고 해서 우쭐해하지 말고 팔로워가 되었다고 자신을 낮게 여기거나 의기소침해지지 마라. 때로는 빛나는 이인자의 모습이 더 아름다울 때가 있다.

리더일 때는 자신이 팔로워였던 시절을 기억하고 팔로워 입장에서 생각하고 그들과 소통하려 노력해야 한다. 또 팔로워일 때는 언젠가 자신도 리더가 될 수 있음에 유의하여 '내가 리더라면 이 문제를 어떻게 해결할까?'를 생각하고 리더의 마음으로 움직여야 한다. 그래야만 더욱 능동적이고 활발하게 집단의 일에 참여할 수 있다.

조직 관리학을 연구한 카네기멜론스쿨의 켈리 교수는 팔로워를 나뭇잎에 비유했다. 나뭇잎은 나무의 일부인 동시에 나무 전체를 구성한다. 이처럼 팔로워 한 사람 한 사람은 개인이지만 조직 전체의 정신, 목적, 방향을 구체화하는 중요한 존재다. 공동의 목적을 이루기 위해 다른 사람과 함께 어울려 기꺼이 협력하고, 나의 목표와 공동체의 목표를 조화롭게 이룰 수 있는 균형 감각을 가진 멋진 팔로워가 되기를 기대해 본다.

3 리더의 몸 만들기

리더는 날면서 멀리 보는 새의 눈, 그리고 세밀한 것까지 놓치지 않는 곤충의 눈과 깊은 물의 흐름을 알 수 있는 물고기의 눈을 가져야 한다고 말한다. VIP리더십이라 하여 리더에게는 비전(Vision)과 통찰(Insight), 철학(Philosophy)이 있어야 한다고도 말한다. 리더십을 한두 마디로 정의 내리기는 쉽지 않지만, 나는 리더십은 몸 만들기 라고 표현하고 싶다.

하나님은 태초에 인간을 창조하실 때 인간의 신체를 통해 리더십의 자질을 함께 선물하셨다. 눈, 귀, 발, 손, 머리 그리고 가슴이 그것이다. 이것이 인간이 가진 여섯 가지 리더십 자질, 휴먼 핵사곤 리더십이다.

첫째, 큰 눈으로 비전을 보아야 한다(眼).

'보이지 않는 저 너머를 보라(Look Beyond the Obvious)'라는 말이 있다. 리더의 눈은 곧 비전에 해당된다. 리더는 누구보다 넓은 시야로 세상을 보고 보통 사람이 볼 수 없는 먼 곳까지 내다볼 수 있는 통찰력이 있어야 한다. 리더의 역할은 직접 노를 저어 가거나 노 젓는 법을 알려 주는 사람이 아니다. 수평선 저 너머 가야 할 곳을 분명히 가르쳐 주는 사람이다. 그래야만 각자의 새로운 방법으로, 결국에는 모두에게 가장 좋은 방법으로 노를 저어 가게 된다.

맥아더 장군은 2차 세계대전 당시, 연합군 총사령관이라는 막대한 책임을 지고 있었다. 그가 일본 점령군 최고 사령관으로 도쿄에서 근무할 때, 그의 집무실에는 그가 좌우명으로 삼은 사무엘 울만의 〈청춘〉이라는 시의 구절이 적혀 있었다. "어느 누구도 숫자에 불과한 나이에 의해 늙지 않는다. 꿈과 이상을 추구하지 않을 때 우리는 늙는다." 맥아더는 연설에서도 이 구절을 자주 인용했다고 한다. 그는 어떤 상황에서도 우유부단하게 굴거나 흔들리지 않았던 강인한 리더였다. 그는 분명한 비전과 목표를 가진 지도자였다.

둘째, 큰 귀를 가지고 들어야 한다(智).

리더는 경청하여 지혜와 지식을 가꾸어야 한다. 들음에는 제한이 없다. 리더의 귀는 밤낮없이 열려 있어야 한다. 귀한 정보를 들어서 수집하고 아이디어를 창조하는 데 활용할 수 있어야 한다.

항상 귀를 열어 놓고 공부를 게을리하지 않는 '노력형 천재' 리더가 있었다. 그는 바로, 조선왕조 역사상 가장 훌륭한 업적을 많이 남긴 세종대왕이다. 그는 백성들이 쉽게 읽고 쓰고 소통하지 못하는 것을 가장 마음 아파하였다. 세종대왕은 거센 반대에도 세상에서 가장 뛰어난 한글을 창제하는 불후의 업적을 남겼다. 인재를 등용해서 집현전 학자를 길렀고 그들의 의견을 듣고 함께 토론했다. 이것이 한글을 창제하게 된 바탕이자 힘이 되었다. 리더는 큰 귀로 항상 듣고 배워 나가야 하며 얻은 지식을 현명하게 적용하는 지혜를 가져야 한다.

셋째, 부지런한 큰 발로 행동하는 열정이 있어야 한다(行).

자신이 먼저 불타지 않으면 타인을 불태울 수 없다. 어느 순간 우리의 마음속에 흘러들어와 우리를 지배하는 힘, 인생을 송두리째 바꾸고 영원을 태워 버릴 듯 강렬하게 우리 모두를 이끌어 가는 힘, 그것이 바로 행동하는 리더가 갖추어야 할 열정이다.

그렇다. 리더는 스스로를 불태울 줄 알아야 한다. 리더의 발은 튼튼하고 쉴 새 없이 움직인다. 리더는 재미있는 게임을 하듯 일한다. 훌륭한 리더들은 열정이 넘쳐서, 신이 나서 일터를 놀이터처럼 즐기면서 일한다. 열정이 넘쳐 즐거워서 일하는 리더에게는 일의 효율이 높아질 수밖에 없다.

넷째, 섬세한 손으로 부하를 용병해야 한다(用).

리더는 혼자 가는 것이 아니라 함께 간다. 목표를 향하여 혼자서 일하는 것이 아니라 함께 가는 사람들을 활용해서 나아간다.

이순신 장군은 용병의 달인이다. 그가 왜군과의 해전에서 23전 23 승이라는 전승을 이룬 비결이 무엇일까? 그것은 놀랍게도 질 만한 싸움은 한 번도 시작하지 않은 데 있다. 심지어 임금과 군신들이 주장하는 전투에 나가지 않아 투옥까지 당했다. 질 것이 뻔한 싸움에 나가 훌륭한 장수와 병사들의 목숨을 버리게 할 수는 없었던 것이다.

그러나 이기는 싸움을 마냥 기다리지는 않았다. 전투 지역의 지형 지물, 계절과 시간에 따른 바다의 변화와 물길까지 섬세하게 파악하고, 새로운 병기와 거북선을 개발하고 군사를 용의주도하게 배치하는 학익진 전법으로 왜구를 물리쳤다. 장군의 이러한 용병술은 실로 신출귀몰하였다.

다섯째, 냉철한 두뇌로 인재를 키워야 한다(訓).

리더는 금을 캐는 광부와 같다. 리더는 팀원들의 숨은 재능을 캐내어 얼마나 훌륭한 보석으로 키우는가에 따라 그 리더십을 평가받는다. 리더는 진정으로 부하를 아끼고 생각하여 큰 그릇이 될 수 있도록 지식과 지혜를 나누어야 한다. 인재의 숨은 재능을 캐내어 보석으로 개발해야 한다.

가장 중요한 것은 훌륭한 후계자를 키우는 일이다. 국가 지도자가 경제를 부흥시키고 기업의 CEO가 탁월한 재무 실적을 만들어 내더라도 그 나라의 기업이 지속적으로 성장하지 못하고 망하게 된다면 그들은 결코 위대한 리더가 되지 못한다.

여섯째, 따뜻한 가슴과 겸손한 마음을 가져야 한다(純).

"Not for self." 리더는 자신을 위하지 않는다. 부시 대통령 부자 등 수많은 리더를 배출한 미국의 최고 명문 고등학교 필립스 아카데미의 교훈이다. 들어오는 물만 받고 밖으로 흘려보내지 않는 바다는 결국 사해처럼 죽은 바다가 된다. 사해처럼 죽은 리더십은 어디에도 발붙일 수 없다는 사실을 명심하자.

나보다 남을 더 위하는 겸손함과 순수함, 이것 또한 리더가 가져야 할 중요한 덕목이다. 리더는 막강한 영향력과 권력을 갖지만 결코 자만해서는 안 되며 자신의 영향력을 타인을 위해서 긍정적으로 쓸 수 있는 기회를 제공할 수 있도록 언제나 준비하고 있어야 한다.

위대한 리더는 저절로 탄생하는 것이 아니라 다듬어지고 만들어진다. 위대한 리더가 탄생할 수 있는 환경과 DNA도 중요하지만 무엇보다 잠재된 안(眼)·지(智)·행(行)·용(用)·훈(訓)·순(純) 리더십 자질을 스스로 계발하는 것이 중요하다. 그 자질을 갈고 닦아 진정한 리더로 성장하길 바란다.

4 마음을 움직이는 리더

"세계적인 건축가가 되기 위해서는 어떤 자질이 필요합니까?"

구겐하임 빌바오 뮤지엄으로 유명한 세계 최고의 건축가 프랑크 게리(Frank Gehry)를 만날 기회가 있어 물어보았다. 잠시 생각한 뒤 게리는 이렇게 답했다. "먼저 재능과 뛰어난 건축 디자인 실력이 있어야겠지요. 그리고 훌륭한 고객을 만나야 합니다. 그렇지 않으면 건축 설계가 고객에 의해 엉망이 되니까요. 마지막으로 가장 중요한 것은 반응이 신통찮은 고객을 설득할 수 있는 능력입니다."

그리스의 철학자 아리스토텔레스는 저서 《수사학》에서 설득의 수단으로 세 가지를 제시했다.

먼저, 에토스 리더십부터 살펴보자. 에토스(Ethos)는 메시지의 신뢰성, 즉 말하는 이의 인격과 신뢰감을 뜻한다. 사람들은 흔히 말을 잘하는 사람이 생각이 깊고 말을 잘 못하는 사람은 사고력이 부족하다고 생각하지만 그렇지 않다. 말하는 기술, 화술은 말을 전달하는 방식에 불과할 뿐 핵심이 아니다. 제아무리 말을 잘하는 사람도 메시지에 인격과 신뢰감을 담지 못하면 그 누구도 설득할 수 없다.

일반적으로 기업은 이윤에 따라 움직인다고 본다. 도덕적으로 옳고 바른 일을 행하기보다 이윤에 따라 움직이는 것이 기업이기에 기업은 부도덕한 일을 저지르기도 하고 사람들을 속이기도 한다는 것이 사회의 통념이다.

하지만 에토스 리더십에 의하면 이러한 견해는 허용되지 않는다. 에토스 리더십은 리더가 도덕적으로 올바를 때에만 팔로워들의 신뢰를 받고 그들의 협력을 이끌어 낼 수 있다고 본다. 조직원들에게 부도덕한 일을 지시하고 본인 역시 부도덕한 일을 행하는 리더는 리더로서 자격이 없다.

다음으로, 파토스 리더십이다. 파토스(Pathos)는 청중의 심리적 경향, 혹은 정서적 호소와 공감을 뜻한다. 때로는 이 파토스가 어떤 논리보다도 더욱 효과적으로 상대방을 설득시킬 때가 있다. 파토스 리더십에서 리더에게 필요한 자질은 감성이다.

고대 중국의 어느 황제가 궁정의 수석화가에게 궁궐에 그려진 벽화를 지워 버리라고 명하였다. 이유인즉 "벽화의 물소리가 잠을 설치게 한다"는 것이었다.

해박한 지식과 논리적 설득이 아니라 감성이 담긴 이야기를 통해 사람들의 잠재된 욕망을 자극하고 공감을 끌어내어 같은 방향으로 끌고 가는 것이 곧 감성 리더십이다.

시장은 공감의 영역이다. 너도나도 자동차를 탄다. 그러나 우리는 목적지에만 데려다 주는 '필요한 자동차'가 아니라 디자인, 스테레오까지 갖춘 '욕망의 자동차'를 타고 싶어 한다. 감성을 터치했다는 이야기다. 필요에 의해서만 탄다면 자동차 시장은 이미 포화 상태다.

나이키도 여느 신발처럼 오래 신으면 밑창이 닳고 헐어 간다. 그러나 나이키는 '승리, 신화' 등의 이야기를 상품에 담아냈고, 다른 신발보다 몇 배나 비싸지만 소비자에게 꾸준한 사랑을 받고 있다. 감성 리더는 비전과 목표를 향해 스토리를 담은 설득력으로 사람들을 감동시키며 이끌어 가는 사람이다.

마지막으로, 로고스 리더십이다. 로고스(Logos) 리더십은 에토스와 파토스라는 두 가지 리더십을 뒷받침하고 빈자리를 메워 완벽한 리더십을 완성시킨다. 로고스란 쉽게 말해 논리를 의미한다. 여기서 말하는 논리는 하나의 통일된 견해 즉, 일관성과도 유사한 의미다.

리더가 논리 정연하고 일관된 생각을 갖고 있어야 조직이 흔들리지 않는다. 만약 리더에게 일관된 논리가 없다면 그 조직은 대들보가 흔들거리는 부실한 집이라고 봐도 무관하다. 설득하는 이의 인격과 신뢰감이 뒷받침되고 정서적인 호소와 공감에서 성공을 거두어도, 논리적으로 틀렸다면 상대방을 설득할 수 없다. 듣는 사람이 이치에 맞지 않다거나 현실적으로 불가능한 일이라는 판단을 내렸을때, 설득력은 현저하게 떨어진다.

프랑크 게리와 아리스토텔레스가 주장한 설득의 리더십을 실생활에서 활용해 보길 바란다.

5 나는 어떤 유형의 리더일까?

리더는 사람들 간에 일어나는 수많은 갈등을 현명하게 해결할 수 있어야 한다. 우리가 즐겨 쓰는 갈등(葛藤)이라는 단어에는 재미있는 점이 있다. 갈등이라는 단어는 칡(葛)과 등나무(藤)가 복잡하게 얽힌 상태를 의미한다. 몹시 복잡하게 서로 얽혀 있어 훗날을 생각하면 반드시 풀어야 하는 것이 갈등인 셈이다.

모든 조직에는 갈등이 존재한다. 오죽하면 '조직은 갈등을 먹고 산다'는 말이 있겠는가? 조직 구성원들이 백이면 백, 생각이 다르고 저마다의 개성이 다르니 자연히 갈등이 발생한다.

갈등은 양날의 검과도 같다. 흔히 갈등은 부정적인 것으로 인식되지만 긍정적인 면도 있다. 비온 뒤에 땅이 굳어진다고 하지 않는가?

갈등을 해결하는 과정에서 매너리즘에 빠졌던 구성원들이 활기를 되찾고 관계가 더욱 돈독해지기도 한다.

만약 갈등이 해결하기 어려울 정도로 심각한 수준에 도달했다면 어떻게 해야 할까? 갈등이 조직의 발전과 구성원들의 협력을 가로막을 때는 리더가 나서야 한다. 리더가 앞장서서 갈등을 해결하지 못하면 조직이 와해되고 급기야는 붕괴되는 위험이 따를 수 있다.

훌륭한 리더는 갈등 앞에서 주저하지 않는다. 리더는 갈등의 핵심을 파악하고 결단력을 발휘해서 해결 방법을 제시해야 한다. 이렇게 갈등에 현명하게 대처하며 극복해야만 리더로서의 자질을 인정받을 수 있다. 그러므로 갈등을 조정하는 '갈등 관리법'을 미리 공부해 두도록 하자.

갈등을 해결하는 방식에는 여러 가지 유형이 있다. 데이비드와 클라우디아 알프 부부는 갈등을 해결하는 방식을 다섯 가지의 동물에 비유했다. 당신은 어떤 유형에 속하는지 생각해 보라.

첫 번째는 자라 유형(Turtle Type)이다. 자라는 위험이 닥치면 껍질 안으로 숨어 버린다. 고통을 피해 도망치는 회피형이다. 갈등을 그대로 남겨 놓은 채 자신이 처한 상황과 주변 사람들로부터 벗어난다. 그러나 문제가 해결되지 않아 갈등은 여전히 남아 있다는 것을 간과한다. 당장은 벗어날 수 있어도 같은 문제가 반복될 여지가 있다. 결국 고통은 줄지 않는 것이다.

두 번째는 스컹크 유형(Skunk Type)이다. 스컹크는 갈등을 만나면 공격으로 책임을 전가해 버리는 공격형이다. 자신의 방식과 기대에 못 미치거나 어려움을 느끼면 상대를 공격해 자신의 책임을 떠넘겨 버린다. 상대를 나쁘게 만들고 자신은 미화시키는 것이다. 잠깐은 승리에 도취될 수 있고 갈등을 해결했다고 착각할 수도 있지만 주변 사람들에게 강한 불쾌감을 남긴다.

세 번째는 카멜레온 유형(Chameleon Type)이다. 카멜레온은 위협을 느끼면 몸의 색깔을 상황에 맞게 바꾸어 버리는 순응형이다. 문제를 일으키고 싶어 하지 않아 다른 사람의 의견을 무조건 수용한다. 갈등에 대한 잘잘못을 따지지 않고 먼저 사과해 버린다. 상대와 계속해서 관계를 이어갈 수는 있지만, 문제는 해결되지 않고 자기 내면의 상처도 그대로 남아 있다.

네 번째는 고릴라 유형(Gorilla Type)이다. 고릴라는 어떻게든 이기고 말아야 하는 승리형이다. 그 앞에서 속내를 드러내지 않아 인간관계에 상처를 내지 않고 갈등이 해결된 듯 보인다. 하지만 실제로는 갈등을 마음에 담아 두었다가 자신에게 유리한 시점에 문제를 들추어 낸다. 그리고 회유와 위협 등을 통해서라도 어떻게든 승리자가 되고 만다. 결과적으로 상대도 나도 모두 불만을 갖게 된다.

다섯 번째는 부엉이 유형(Owl Type)이다. 부엉이는 인간관계도 상처 내지 않고 문제도 잘 해결하는 이상형이다. 감정적인 상처 내기를 피하여 불필요한 갈등을 만들지 않고 문제 해결에 초점을 맞춘다. 이들은 서로 윈-윈하는 전략을 세우기 때문에 관계도 지키고 문제도 해결한다.

갈등을 해결하는 데 있어 기본적으로는 부엉이와 같은 자세가 바람직하지만 그때그때 처한 환경이나 상황에 따라 달라져야 한다. 전쟁이 일어나 적과 대치하고 있을 때 의견 갈등을 조정하기 위하여 부엉이 유형을 쓰다가 빠른 의사결정을 내리지 못한다면 순식간에 전멸할 수도 있는 위험이 따른다. 환경과 상황에 따라 적절한 상황 리더십(Situational Leadership)을 구사할 수 있어야 한다.

6 큰바위 얼굴의 리더를 기다리며

소설가 나다니엘 호손의 〈큰바위 얼굴〉이라는 작품에는 어니스트라는 소년의 이야기가 나온다.

어니스트가 사는 마을의 바위 언덕에는 큰바위 얼굴이 새겨져 있었다. 그의 어머니는 바위 언덕의 큰바위 얼굴을 닮은 아이가 태어나 훌륭한 인물이 될 것이라는 전설을 들려 준다. 어니스트는 커서 그런 사람을 만나고 싶다는 바람을 가지고 하루하루를 진실하고 열심히 살아간다. 그러다 어느 날 문득 거울을 본 어니스트는 거울 속에서 큰바위 얼굴을 마주한다. 큰바위 얼굴을 바라고 기대하며 자란 그는 어느새 큰바위 얼굴과 똑같게 되어 있었던 것이다.

우리는 큰바위 얼굴의 누군가를 기다린다. 그러나 이제는 자신이 일터에서나 가정에서 큰바위 얼굴의 주인공이 되는건 어떨까.

존경받는 기업의 두 얼굴 –
성장의 얼굴과 기여의 얼굴

존경받는 사람이 있듯이, 기업도 존경을 받으려면 어떻게 해야 할까? 몇 년 전 한국을 방문했던 GE 인터내셔널의 나니 베칼리(Nani Beccalli) 사장을 만났을 때 그에게 이 질문을 했다. GE는 세계에서 가장 존경받는 기업으로 8년 동안 선정된 기업이기에 그가 이에 대한 답을 알려 줄 적임자라 생각했다.

그의 답은 의외로 간단했다. "지속적으로 성장하면 된다"라는 것이다. 존경받는 기업의 가장 큰 조건은 바로 '성장의 얼굴'이다. 단기간의 높은 성장보다는 급변하는 경영 환경과 치열한 경쟁 속에서 얼마나 꾸준히 성장했느냐가 중요하다. 그렇지만 지속적인 성장만으로 존경받는 기업이 될 수 있을까?

세계에서 가장 존경받는 기업을 선정하는 미국의 〈포춘 Fortune〉, 영국의 〈파이낸셜 타임즈 Financial Times〉, 홍콩의 〈아시아 비즈니스 Asia Business〉, 한국의 능률협회컨설팅 등의 평가 기준을 살펴보자. 이들 기관에서는 지속적인 성장을 위한 경영 혁신 외에도 사회적 가치를 실현하는 데 얼마나 기여했는지를 중점적으로 평가한다.

208

존경받는 기업이 되기 위해서는 좋은 제품과 최상의 서비스를 통해 시장의 가치를 높여 나가는 것이 중요하다. 그러나 이 외에도 기업이 얼마나 윤리경영을 잘했는지, 얼마나 사회공헌 활동을 하면서 기업의 사회적 가치를 실현했는지도 존경받는 기업을 선별하는 중요한 잣대가 된다.

현대 경영학의 아버지인 피터 드러커는 "기업은 사회의 한 구성요소이기 때문에 사회가치를 추구해야 한다"고 했다. 그는 기업과 사회를 신체와 장기의 유기적 관계로 비유하면서 이렇게 말한다. "건강한 신체와 깨끗한 장기는 상호 지속 가능한 성장을 만드는 호혜적 관계를 견지해야 한다." 만약 기업이 수단과 방법을 가리지 않고 수익을 얻고, 금전적 기부만으로 그 소임을 다했다고 말한다면 기업과 사회의 유기적 관계를 이해하지 못한 것이다.

고객과 사회로부터 존경받고 사랑받는 '착한' 기업이 되기 위해서는 시장가치와 동시에 사회가치를 구현해야 한다. 그렇게 되면 브랜드 가치도 상승하게 되어 자연스럽게 성장에 가속이 더해지는 경영의 선순환 구조를 이룰 수 있다. 이제 기업도 큰바위 얼굴의 어니스트처럼 '성장의 얼굴'과 '기여의 얼굴'을 균형 있게 만들어야 할 때다.

내일의 리더를 기다리며

흔히 사람을 그릇에 비유하여 '그 사람 그릇이 크다' 또는 '그릇이 작다'라고 말한다. 그릇은 재질이나 크기뿐만 아니라 모양과 장소에 따라 그 쓰임새에 따라 그 종류도 천차만별로 달라진다.

먼저 그릇의 재질은 사람의 인품에 해당된다. 기본에 충실한 사람, 예의 바른 행동과 에티켓을 지닌 따뜻한 인간미가 있는 사람은 좋은 재질의 그릇이라 할 것이다. 그릇의 크기는 개인의 이상과 꿈에 의해 결정된다. 그릇이 큰 사람은 크게 보고 멀리 보며, 미래에 대한 큰 비전을 세우게 된다.

그릇의 모양은 자기 자신의 정체성이다. 자신의 능력과 특징을 드러낼 수 있는 자신만의 고유한 트레이드 마크를 만들어야 한다.
그릇의 경도는 어떤가. 튼튼하고 견고한 명품 그릇이 되기 위해서는 엄청난 온도의 불화로 속에서 수많은 담금질을 견뎌야 한다. 사람 또한 어떤 일이든 감내하고 포기하지 않는 강인함이 필요하다.
그러나 무엇보다 중요한 것은 그 그릇에 무엇을 담을 것인가다. '인생은 그릇과 같다'는 말이 있다. 금을 담으면 금그릇이 되고, 은을 담으면 은그릇이 된다. 아무 것도 담지 않으면? 당연히 빈그릇 인생이다.

청춘들이여! 함께 나누었던 진정 붙들어야 할 삶의 가치, 사랑, 긍정, 신념, 도전, 신의 그리고 봉사를 가슴에 담는다면 그대들도 모르는 사이에 어느새 큰바위 얼굴의 새로운 리더가 되어 있을 것이다.

마지막으로 이 나라의 미래를 생각하는 큰바위 얼굴이 되길 바란다.

"남한이 경제 기적을 이룩하는 것은 불가능하다." 어느 유명한 석학이 세계적인 권위를 자랑하는 〈포린어페어스 *Foreign Affairs*〉지의 1961년 10월호에서 이렇게 단언했다. 그러나 그의 예측은 틀렸다.

이제 세계인들은 여러 가지 측면에서 한국을 '희망이 있는 나라'로 바라본다. 크게 보면 경제적 입지와 자연환경, 문화 경쟁력의 세 가지 면에서 그러하다.

한국은 전쟁의 폐허에서 세계적 경제 대국으로 우뚝 섰다. 서양에서는 300~400년 걸려 이룩한 것을 우리는 50년 만에 이룬 것이다. 1인당 GDP 순위는 세계 8위 수준이다. 외환 보유고도 3천억 달러가량으로 세계 6위다. 상품 경쟁력에서도 130개 정도가 세계 1위를 달리며 380개 상품은 세계 최고 수준의 상품이다. 인터넷 보급률은 세계 1위다. 또한 G20 의장국으로 세계의 주목을 받기도 했다.

그러나 그 결과에 안주해서는 안 된다. 오늘날의 경제적 결과는 월남전에서 우리의 젊은이들이 흘린 피로, 자국민은 절대로 들어가지 않는다는 처참한 환경의 독일 탄광의 광부로서, 이국의 간호사로서 흘린 땀으로 세운 것임을 기억하자. 결과에 자만해서는 안 된다.

우리나라는 자연환경에서도 최고 수준이다. 전 세계를 다 돌아봐도 한국처럼 두 시간 내에 산과 계곡, 강과 바다에 갈 수 있는 나라는 없다.

문화경쟁력에서도 우리는 희망을 엿볼 수 있다. 우리의 문화는 지금 아시아를 넘어서 세계의 문턱을 노크하고 있다. K팝, 드라마, 영화 등이 세계인의 사랑을 받고 있다.

이제 화제를 바꿔서 우리나라가 해결해야 할 과제에 대해서 이야기해 보자. 우리가 흔히 말하는 '살기 좋은 나라'는 곧 사회 환경이 좋은 나라를 뜻한다. 우리나라는 2006년에 사회 환경이 좋은 나라 61위를 기록하는 데 그쳤다. 하지만 2008년 49위, 2010년에는 32위까지 급격하게 올라서고 있다. 하지만 교통, 치안, 안전, 주거환경, 복지, 의료서비스 등을 고려하면 아직은 갈 길이 멀다.

또한 살기 좋은 나라라면 무엇보다도 국민 의식이 앞서야 한다. 우리는 이 방면이 조금 미진하다. 우리나라의 국민 의식에도 얼마든지 장점이 있다. 예를 들면 나라에 위기가 닥쳤을 때 단합하는 모습인데 이것은 세계 어느 나라도 따라올 수 없는 수준이다.

하지만 인종차별 문제, 세대 간, 지역 간, 가진 자와 그렇지 못한 자 간에 편 가르기, 왕따 문화 등은 하루빨리 고쳐야 한다.

끝으로 우리 조국의 가장 심각한 문제는 바로 저출산 문제다. 우리나라의 출산율은 1.09로 세계 최저다. 이대로 가면 2300년에는 남한 인구가 5만 명 정도밖에 안 될 것이라고 한다.

아직 해결해야 할 과제들이 남아 있지만 넘지 못할 산은 없다. 우리의 장점을 더욱 발전시키고 과제를 극복하면 우리는 지금보다 훨씬 살기 좋은 나라를 만들 수 있다.

청춘들이여, 희망을 갖고 지금보다 더 발전된 조국의 미래를 꿈꾸길 바란다. 그리고 젊은 그대들이 주도적으로 나서서 새로운 시대에 깨어 있는 주인이 되기를 부탁한다.

아름다운 집의 디자인은
뛰어난 건축가에게 맡길 수 있지만
인생의 행복의 집은
다른 그 누구도 디자인할 수 없다.

그대 청춘이여,
아름다운 인생의 집을 디자인하기를
하늘의 따뜻한 바람이
당신의 집 위로 부드럽게 일기를
위대한 신이 당신의 집에
들어가는 모든 이들을 축복하기를
그리고 당신의 어깨 너머
늘 무지개 뜨기를….

PART 6

나의 인생을
디자인하다

1 나는 몇 시쯤에 살고 있나?

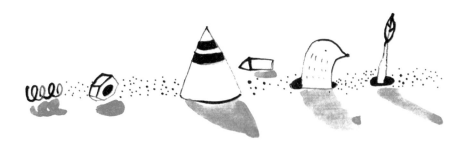

지금까지 우리는 인생을 디자인하는 데 필요한 요소가 무엇인지 생각했다. 여기서는 디자인 요소에서 더 나아가 우리 인생을 디자인할 때 잠시 유념해야 할 부분을 함께 나누었으면 한다.

우리는 100세를 산다는 센터내리언(centenarian) 시대에 진입하고 있다. 인생을 100년으로 계수한다면 지금 나는 몇 시에 해당될까?

청춘은 아직 새벽이다. 무한한 가능성 앞에 서 있는 그대 청춘들이여, 인생을 디자인할 때 꿈을 크게 꾸길 바란다. '인생은 꿈의 크기만큼'이다.

우리나라의 시각장애인 1호 박사인 강영우의 삶에서도 이러한 원칙을 찾아볼 수 있다. 열네 살 때(새벽 4시) 축구공에 맞아 실명한 후

강영우 박사는 부모님을 모두 잃고 고아원에서 자라게 된다. 하지만 꿈이 원대했던 그는 포기하지 않았다.

그는 시각장애인으로는 최초로 정부에서 선발한 미국 유학생이 되어 미국에서 학위를 받는다 (오전 9시). 훗날 미국 백악관의 정책 차관보를 지내고 국제 로터리 인권상을 수상하는 영예를 안기도 했다(오후 1시). 고아원에서 자랐던 그가 미국 백악관 정책 차관보가 될 수 있었던 것은 꿈의 크기가 남달랐기 때문이다.

역경지수를 높이기를 바란다. 역경은 축복의 디딤돌이다. 스페인 속담에 "자갈이 없다면 시냇물은 노래하지 않는다"라는 말이 있다. 잔잔한 바다는 노련한 사공을 만들 수 없다. 풍랑이 전혀 없이 아주 잔잔한 바다에서는 제아무리 열심히 10년간 노를 저어도 노련한 사공이 될 수 없다. 폭풍 속에서 파도를 이겨 내는 법, 암초를 헤쳐 나가는 법 등을 익혀야 노련한 사공으로 성장한다. 성공은 삶의 지경을 넓혀 주지만 역경은 삶의 깊이를 더해 준다.

즐기면서 공부하고 일하길 바란다. 머리 좋은 사람은 노력하는 사람을 따를 수 없고 노력하는 사람은 즐기는 사람을 따를 수 없다. 나에게 주어진 일에 부담을 느끼고 힘겨워할 게 아니라 주어진 일들을 즐겨 보자.

새해가 되면 나 자신을 돌아보며 가끔 읽어보는 도스토옙스키의 글을 함께 나누고 싶다.

인생은 5분의 연속이다. 사형수의 몸이 되어 최후의 5분이 주어졌다. 28년을 살아오면서 5분이 이처럼 소중하게 느껴지기는 처음이었다. 5분을 어떻게 쓸까? 옆에 있는 사형수에게 한마디씩 작별 인사하는 데 2분, 오늘까지 살아온 생활을 정리해 보는 데 2분, 나머지 1분은 대지를, 그리고 자연을 둘러보는 데 쓰기로 작정했다.

눈에 고인 눈물을 삼키면서 작별인사를 하고 가족들을 잠깐 생각하는데 벌써 2분이 지나 버렸다. 그리고 자신에 대하여 돌이켜 보려는 순간 '3분 후면 내 인생도 끝이구나' 하는 생각이 들자 눈앞이 캄캄해졌다. 지난 28년이란 세월을 아껴 쓰지 못한 것이 후회되었다.

'다시 한 번 더 살 수 있다면 순간순간을 소중하게 쓰련만. 이제 죽었구나' 하는 순간 그는 기적적으로 풀려났다. 그는 그때 깨달은 '시간의 소중함'을 평생 잊을 수가 없었다.

그리고 그는 《카라마조프의 형제들》,《죄와 벌》등 수많은 작품들을 발표하며 톨스토이에 비견되는 세계적 문호로 성공하였다.

청춘, 그대들의 삶이 인생의 마지막 5분처럼 매순간 깨어 있기를 바란다.

2 인생이라는 집을 지어 갈 때

인생을 우리가 사는 집으로 비유할 수 있을까. 생각해 보면 우리 인생과 집에는 공통점이 많다.

먼저 집에 대한 이상이 있듯 인생에도 이상이 있다는 점이다. 사람들은 누구나 한번쯤 미래에 살고 싶은 집을 상상한다. 작은 정원이 있고 자신의 취향에 맞게 꾸며진 예쁜 집, 그 속에서 행복하게 살고 있는 가족을 떠올리며 웃음 짓는다.

또한 집의 형태가 다양한 것처럼 우리의 인생도 그러하다. 물론 도시화가 진행되면서 우리의 주거 환경이 획일화된 면도 있다. 하지만 겉모습은 비슷해 보여도 집안을 자세히 들여다보면 집주인의 성격을 알 수 있다. 인생도 마찬가지다. 사람마다 인생을 사는 방법과

219

원칙이 모두 다르다.

인생을 계획하는 것도 집을 설계하는 것과 같다. 집을 쉽게 짓고 허물어 버릴 수 없듯이 우리의 인생도 마찬가지다. 남들보다 멋진 인생, 행복한 인생을 후회 없이 살기 위해서는 인생에도 설계가 필요하다.

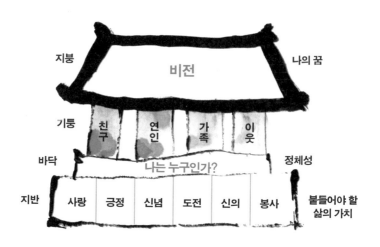

집을 지을 때 제일 먼저 하는 일이 밑바닥 지반을 확인하는 것이다. 지질이 무엇인지 조사하며 모래인지 흙인지 단단한 바위인지 알아낸다. 만약 물렁한 흙으로 되어 있으면 물기를 빼고 토대를 다진 후, 말뚝 파일을 박고 콘크리트를 부어 넣어서 그야말로 단단한 지반을 만든다.

이 단단한 지반이 우리가 인생을 살아 나갈 때 붙들어야 할 삶의 핵심 가치다. 지반 속에 묻혀 있는 여섯 개의 파일이 바로 사랑, 긍정,

신념, 도전, 신의 그리고 봉사의 가치다. 아무리 멋진 집이라도 지반이 약하면 소용없다. 세계적으로 유명한 건축물도 허망하게 무너지는 경우가 있다. 이유는 지반이 약해서였다. 그래서 건축가들은 집을 짓기에 앞서 집이 들어설 자리의 지반이 튼튼한지를 반드시 점검한다. 집이 흔들리지 않으려면 단단한 지반은 필수다.

이렇게 지반을 다진 후 그 위에 바닥을 만든다. 그 바닥은 인생에서 '나는 누구인가?'라는 자아 정체성을 나타낸다. 첫 장에서 말한 '나는 누구인가?'라는 질문에 대해 답을 하지 않고는 인생을 설계하는 작업을 할 수 없다.

그 바닥 위에 기둥을 올리게 되는데, 사람마다 각자 다른 기둥을 세우겠지만 보편적으로 가족, 친구, 연인, 이웃이라는 기둥을 세우고 인생을 살아가게 된다.

기둥이 튼튼해야 집이 무너지지 않는다. 인생에서 기둥은 곧 친구, 연인, 가족, 이웃이다. 우리는 곁에서 함께 걷는 사람들로 인해 인생을 지탱할 힘을 얻는다.

그리고 마지막으로 그토록 꿈을 꾸던 행복이라는 지붕을 올리면 인생의 집이 완성되는 것이다. 이는 크게 보면 인생의 비전과도 연결된다.

지금 나만의 인생을 설계하고 있는 당신은 누구보다 훌륭한 건축가다. 오늘부터 나만의 인생, 나만의 비전 하우스를 설계해 보자.

3 인생은 자동차를 운전하는 드라이빙

"멘토님, 인생 디자인 그림에다가 왜 '스티어링 휠'이라는 이름을 붙이셨어요?"

한 멘티가 인생 디자인을 한눈에 볼 수 있도록 만든 표의 이름이 왜 '스티어링 휠'인지 이유가 궁금하다고 질문을 던졌다. 그래서 스티어링 휠에 대해서 본격적으로 설명하기에 앞서, 스티어링 휠에 얽힌 비화를 소개하겠다.

나는 종종 인생의 디자인을 한눈에 볼 수 있는 그림이나 설계도와 같은 것이 필요하다는 생각을 했다. 그런데 그 그림이 구체적으로 어떤 형상인지는 떠오르지 않았다.

그러다가 몇 년 전에 외국 출장을 다녀오는 비행기 안에서 인생에 대한 영감 하나가 떠올랐다. 바로, 사람의 일생을 자동차 운전에 비유할 수 있겠다는 아이디어였다. 때마침 오랜 시간 행동이 제약되는 비행기 안이었던지라 한 가지 생각에 오래 집중할 수 있었다.

'인생과 자동차의 닮은 점이 있을까?' '멋진 인생을 살기 위해서, 자동차가 잘 달리기 위해서 꼭 필요한 것은 무엇일까?' 인생과 자동차와 연관된 다양한 생각들이 머릿속을 스쳐 지나갔다.

그 결과 자동차가 길을 달리는 이유는 목적지에 도달하기 위해서라는 포인트를 잡았다. 사람의 인생도 이와 비슷한 것이, 인생의 목표에 도달하기 위해서 하루하루를 열심히 산다.

자동차는 네 개의 바퀴를 굴려서 목적지에 도착한다. 그렇다면 우리에게도 인생의 목표까지 내달리게 하는 원동력이 있을 텐데 그것이 무엇일까? 한참 동안 생각한 끝에 인생이라는 자동차에는 건강과 일, 가족과 친구라는 네 개의 바퀴가 있다는 결론을 내렸다.

결국 사람은 모두, 인생이라는 자기 소유의 자동차를 운전하고 있는 셈이다. 한 사람, 한 사람이 자동차가 나아갈 방향을 정하는 스티어링 휠, 바로 운전대를 잡고 운전을 하는 주인공이다. 그러므로 건강과 일, 가족과 친구라는 이름의, 든든한 바퀴 네 개를 이용해서 인생의 목적지까지 직접 운전을 해서 나아가야 한다.

인생 자동차의 구조를 좀 더 자세히 들여다보면, 건강과 일은 인생 자동차의 앞바퀴 노릇을 한다. 가족과 친구는 뒷바퀴라고 할 수 있다. 만약 앞바퀴가 펑크 나면 자동차가 서 버리거나 가고 싶은 방향으로 갈 수 없다. 이와 마찬가지로, 건강과 일을 잃으면 우리 인생도 평탄할 수 없다. 뒷바퀴의 존재도 앞바퀴 못지않게 소중하다. 뒷바퀴에 해당하는 가족과 친구는 인생 자동차가 앞으로 나아갈 수 있도록 힘을 실어 준다. 이 네 개의 바퀴가 각자 제 역할을 할 수 있도록 한다면 큰 문제없이 목적지에 도달할 수 있다.

여기서 가장 중요한 것은 스티어링 휠을 잡고 운전하는 운전자의 마음이다. 행복한 삶을 살기 위해서는 자신의 자동차가 정말 가치 있는 방향으로 달려갈 수 있도록 하는 것이 중요하다.

행복은 만인의 화두다. 그러나 나 혼자 느끼는 행복보다는 '함께 느끼는 행복이 진짜 행복'이다. 혼자 느끼는 행복도 행복이지만 함께 느끼는 행복만큼 크고 따뜻할 수는 없다. 그대들이 운전하는 자동차가 모든 사람이 행복한 사회를 만들어 가는 데 한몫할 수 있다면 세상은 지금보다 훨씬 근사한 모습이 될 것이다.

인생의 스티어링 휠을 운전하며 나아갈 때 두 가지 균형을 잘 잡아야 한다. 하나는 일터와 가정의 균형이고 또 하나는 일과 인격의 균형이다.

일터와 가정의 균형을 유지하는 것이 참으로 소중하다. 많은 사람들이 일과 성과에만 집착하며 가정을 등한시한다. 그러나 가정은 최초의 인간관계가 이루어지는 곳이기에 모든 인간관계의 방법을 배우게 되는 곳이며, 아가페 사랑이 꽃필 수 있는 유일한 곳이기에 고귀한 사랑의 방법을 배울 수 있는 곳이기도 하다. 그러기에 일터 못지않게 소중한 곳이 가정이다.

쉬르마허(F. Schirrmacher)의 말처럼 태초의 신뢰가 있는 곳은 바로 가정이다. 힘든 세상에서 정서적 안정을 얻을 수 있는 곳 또한 가정이다. 가정에서 받은 정서적 지지로 일터를 향해 힘차게 나아갈 수 있다.

하는 일과 인격은 균형을 이루어야 한다. 어떤 사람은 일은 잘하는데 인격이 엉망이다. 또 어떤 사람은 인격은 훌륭한데 자신이 맡은 일은 잘하지 못한다. 인간은 관계 안에서 성장하고 온전해진다. 대인관계로 측정되는 인격과 자신이 누구인가를 말해 주는 일 모두 소중하고 중요하다. 어떤 일을 하는가(to do) 하는 문제와 어떤 사람이 되는가(to be) 하는 문제의 균형을 이루어야 한다.

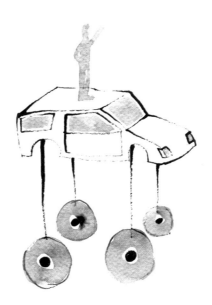

4 라이프 스티어링 휠

우리는 인생을 디자인하기 위한 법을 습득했다. 이제 우리에게는 생활 속에서의 실천과 실천을 위한 계획 세우기가 남았다. 제아무리 훌륭한 이론도 실제 생활에서 그 가치가 발현되지 않으면 아무런 소용이 없다. 그래서 멘티 여러분들이 인생을 디자인하는 중요한 요소들을 생활에 응용하도록 하나의 틀을 준비했다.

바로 자동차의 방향을 조정하는 '스티어링 휠(Steering Wheel)'이다. 우리 부부는 바쁜 와중에도 틈틈이 우리가 인생을 지금보다 더 행복하게 살고, 가치 있게 꾸려 나가기 위해서 필요한 것이 무엇일까 고민했다.

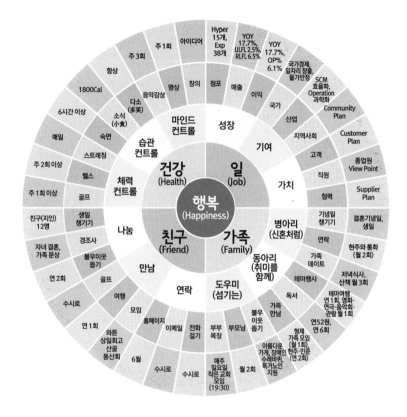

우리는 긴긴 대화를 통해서 행복한 삶을 위해 반드시 필요한 몇 가지를 찾아냈다. 행복을 위해서 없어서는 안 되는 네 가지 요소, 바로 건강과 일, 가족과 친구였다. 이 스티어링 휠은 지름이 작은 원에 상위 항목을 쓰고 지름이 큰 원에 상위 항목을 실천할 수 있는 요소들, 즉 하위 항목을 쓰도록 설계되었다.

예를 들어 건강이라는 상위 개념에 몸과 정신의 건강을 위한 세 가지 요소 체력 컨트롤, 습관 컨트롤, 마인드 컨트롤을 쓰고 그 다음 원에는 체력 컨트롤을 위한 실천 방법 세 가지, 습관 컨트롤을 위한

227

방법 세 가지, 마인드 컨트롤을 이루기 위한 방법 세 가지, 총 아홉 가지를 기입하는 것이다. 그리고 그 다음 원에는 상위 항목을 실천할 수 있는, 한층 더 구체적인 실천 방식 아홉 가지를 생각해서 기입하면 된다.

우리 가족은 연중 행사로 새해가 되면 스티어링 휠을 만들면서 온 가족이 함께 시간을 보낸다. 왜냐하면 세월의 흐름에 따라 나의 상황도 달라지고 그로 인해서 내가 해야 할 일도 달라지기 때문이다.

삼성경제연구소의 연구에 의하면 노후생활을 위한 계획도 입사 때부터 방향을 잡아 놓아야 한다고 한다. 어떤 것은 단기적으로 어떤 것은 장기적으로 계획이 필요할 것이다.

우리 부부는 지미 카터와 같은 노후의 삶을 선망하고 있다. 그는 은퇴 후 사랑의 집짓기 운동 공로로 노벨평화상을 받았고, 그가 자란 인구 700명인 작은 시골에서 지내며 노년을 아주 행복하게 보내고 있다. 지미 카터는 대통령 시절보다 은퇴 이후 더 많은 사람들에게 인기를 얻고 있다. 마지막 인생의 스티어링 휠을 잘 만들었기 때문일 것이다.

인생 스티어링 휠은 해마다, 혹은 인생 주기에 따라 바뀐다. 은퇴 후의 우리 인생 스티어링 휠도 또 한 번 변화가 기대된다.

멘티 여러분도 지금 주어진 여건 속에서 자신을 행복하게 하기 위한 가치와 요소들을 찾아 스티어링 휠을 만들어 보길 바란다.

5 8명의 멘티가 그린 인생 디자인

우리는 새로운 일에 도전하거나 새로운 목표가 생기면 계획을 세운다. 하지만 계획을 세워 본 사람이라면 모두 공감하겠지만 계획한 바를 모두 실천하기가 쉽지 않다. 그런데 계획을 수월하게 실천하는 것에는 몇 가지 방법이 있다고 한다. 그중 하나가 바로 계획한 바를 한눈에 볼 수 있게 도식화하는 것이다.

인생 스티어링 휠의 장점이 바로 여기에 있다. 나만의 인생 스티어링 휠을 만들어 놓으면 인생에서 고수해야 할 가치와 그에 따른 실천 사항을 한눈에 볼 수 있어 실천 의지가 강해진다. 그래서 멘티들과 함께 인생의 스티어링 휠을 만드는 작업을 함께해 보았다.

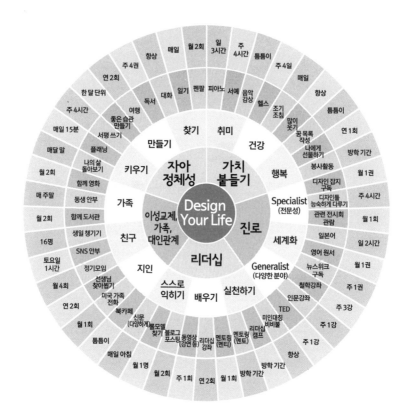

스티어링 휠은 내게 있어 '페이스메이커'다. 월간, 주간, 일일 계획 등을 세우는 데 있어 훌륭한 가이드라인을 역할을 해준다. 멘토링을 받으면서 다루었던 주제를 활용하여 5가지 분류를 하고 내가 어떤 일을 하고 있는지를 바탕으로 나에게 필요한 것이 무엇인지, 실천 가능한 것인지를 고려했다. 산업디자인이라는 나의 전공을 인문학적 시각으로 접근하고자 했다. 이 작업을 통해 행복한 삶으로 한 걸음 나아간 느낌이 들었다.

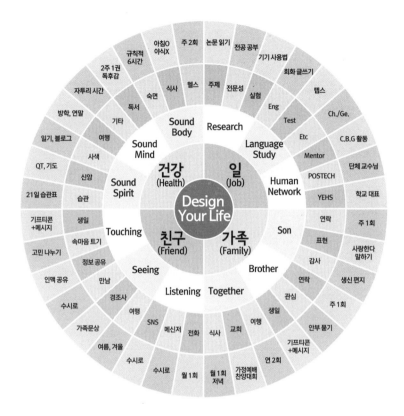

'건강한 신체에 건강한 정신이 깃든다(A sound mind in a sound body)'라는 격언이 있다. 나는 여기에 건강한 영혼(Sound Spirit)을 추가해 실천 사항을 적었다. 전문 연구원이 되기 위해 필요한 능력을 기르는 영역도 넣었다. 가족 영역에서는 아들로서, 남동생으로서, 그리고 한 가족으로서의 실천 사항을 정했다. 기숙사에 살아서 자칫 가족에게 소홀해질 수 있기 때문이다. 친구 영역에서는 친구의 소식을 듣고(Listening), 친구를 보고(Seeing), 서로 교감하는(Touching) 항목으로 구체적 실천 사항을 잡아 보았다.

조윤경 멘티의 인생 스티어링 휠

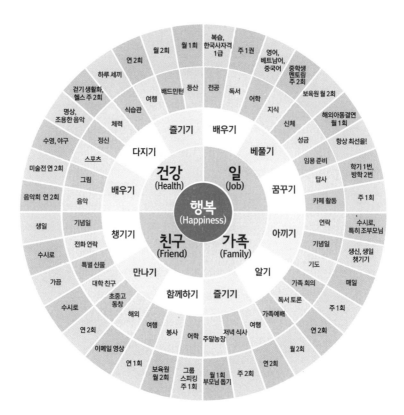

행복을 가장 중요한 가치로 두고 가족과 친구, 건강과 일을 기준으로 작성했다. 부모님과 함께할 수 있는 시간을 많이 만들고자 노력했다. 친구와 가치 있는 시간을 보내기 위해 함께 봉사하는 시간도 넣었다. 건강을 위해서는 여가 시간을 이용해 스포츠, 그림, 음악 등 필요한 것을 배울 수 있도록 했다. 일 영역에서는 임용을 준비하기 위한 시간에 중심을 두었다. 지금 베트남에서 봉사 활동을 하느라 지키지 못하는 것도 많지만 항상 이 휠을 보면서 마음을 다잡고 있다.

232

이재명 멘티의 인생 스티어링 휠

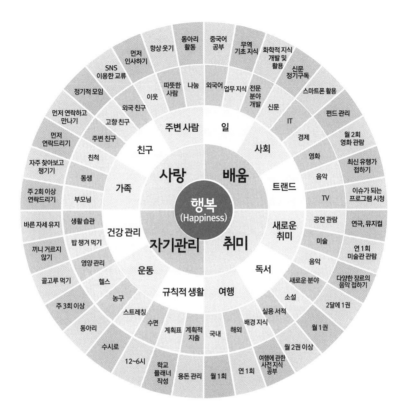

사랑, 배움, 자기관리, 취미를 중심으로 만들었다. 행복은 혼자서 오지 않기에 사랑을 통해 주위 사람들과 사랑하며 살겠다는 다짐을 한다. 일과 세상에 끌려가는 수동적인 삶이 아닌, 내가 주체가 되고 세상을 이끌어 가기 위해서 자기계발을 계속 해나갈 것이다. 하지만 적절한 휴식이 없다면 언젠가는 지치고, 목적을 상실하게 될 것이다. 단순한 휴식이 아닌 자양분이 될 수 있는 취미 활동으로 휴식과 함께 새로운 원동력을 얻을 것이다.

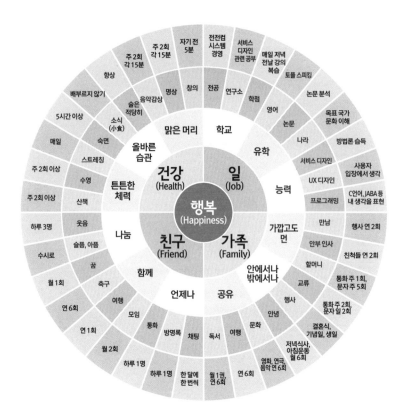

인생 스티어링 휠로 내 삶을 디자인하는 데 큰 도움을 받았다. 내가 소중하게 여기는 가치를 바탕으로 인생을 설계할 수 있었다. 행복한 삶을 만들어 가는 데 꼭 필요한 요소는 건강, 일, 가족, 친구다. 이 네 개가 균형을 잡아야 한다. 맑은 머리, 올바른 습관, 든든한 체력과 건강을 바탕으로 학교 강의, 유학 공부, 능력을 위한 공부를 통해 일(Job)을 달성하며 단란한 가족과 언제나 함께 나눌 수 있는 친구들로 행복한 인생을 만들어 나갈 것이다.

박선영 멘티의 인생 스티어링 휠

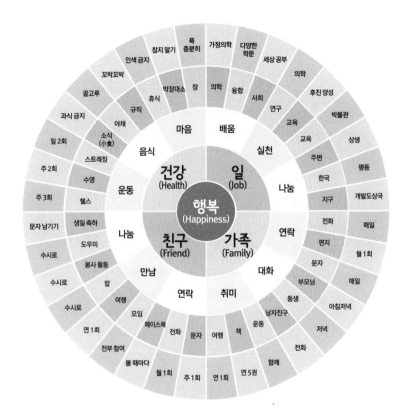

지난 8월 무의도 홈플러스 아카데미에서 발표했던 스티어링 휠을 그대로 제시하였다. 처음 작성해 보는 스티어링 휠이라 부족한 점도 많다. 하지만 처음이라서 오히려 나의 인생을 행복하게 해줄 수 있는 요소들을 꾸밈없이, 충실하게 반영할 수 있었다. 행복을 결정짓는 중요한 요소인 건강, 친구·가족 관계를 어떻게 유지하고 가꾸어 갈 것인지를 구체적인 활동 중심으로 기술하였으며, 나의 '꿈'이라고 말할 수 있는 일을 어떻게 해 나갈 것인지, 큰 가치관부터 시작해서 구체적인 활동까지 나열했다.

이슬기 멘티의 인생 스티어링 휠

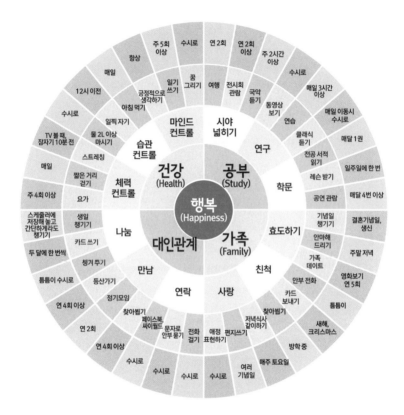

올해 대학을 졸업하고 유학 준비를 하면서 내게 필요한 게 무엇인지 고려하며 작성했다. 학업 부분을 좀 더 세세하게 다루어 보았다. 동영상, 영어, 연주회 참석 등이 그것이다. 또한 유학 후 가족과 헤어지기 때문에 가족과 소중한 시간을 보낼 수 있도록 계획했다. 스티어링 휠은 목표를 명확히 설정하고 막연했던 행동 지침 등을 구체적으로 작성할 수 있도록 도와주어 내 꿈에 한걸음 더 가까이 가게 해준 것 같다.

정준교 멘티의 인생 스티어링 휠

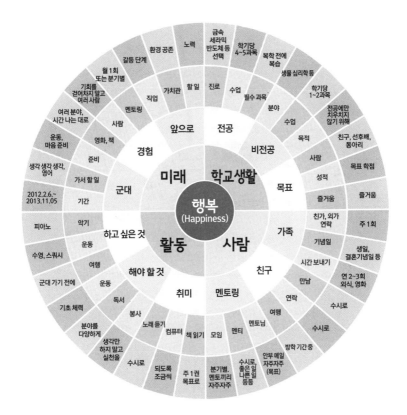

행복을 위한 항목을 학교 생활, 사람, 활동, 미래로 새롭게 분류해 보았다. 최근
내가 고민하는 부분들이다. 이 문제들을 개선할 수 있는 방법들을 찾아야 내 인
생이 보다 안정되어, 내가 기여할 수 있는 부분들이 늘어나지 않을까 하는 바람
에서다. 하위 항목을 채워 나가기 어려웠지만 그 빈칸을 하나씩 채워 나가면서
나에 대해 다시 한 번 생각해 볼 수 있었다.

6 그대가 디자인해야할 청춘

이제 여러분이 직접 칸을 채울 차례다. 꿈을 찾아 떠나는 청춘 항해에서 필요한 요소들을 옆 그림처럼 4개로 만들어도 좋고 5~6개로 만들어도 좋다.

꿈을 찾아 청춘 항해를 떠나려 하는 그대들에게 세 가지만 부탁하고 싶다. 첫째로 큰 꿈을 꾸길 바란다. 두 번째로 우주와 인류를 품는 깊이 있는 삶을 원한다면 역경지수를 높여라. 잔잔한 바다는 노련한 사공을 결코 만들어 내지 못한다. 아니 만들 수 없다. 마지막으로 자신 안의 자원을 찾아 내는 광부가 되라. 이 세 가지를 가슴에 품고 꿈을 디자인하는 그대들이 되길 축복하며 기도한다.

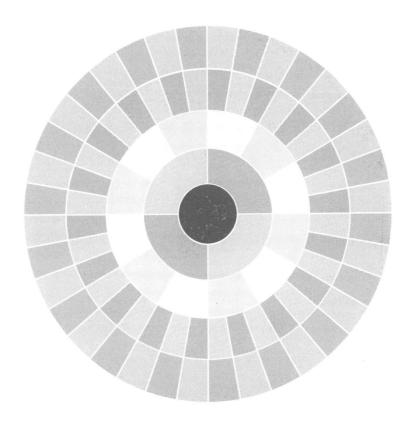

여러 개로 나뉘어진 빈 칸을 보면서 여러분은 어떤 생각이 떠오르는가? 아마도 처음에는 빈 칸을 어떻게 채워야 할지 몰라서 막막하고 부담스러울 것이다. 하지만 빈칸을 채우면서 지금까지 경험하지 못한 세계를 그려 볼 수 있다. 여러 가지 체험을 통해서 성장하고 꿈에 한 발짝 더 가까워질 것이다.

미래 이력서

1958년, 미국에서 유학 생활을 하던 한 한국 학생이 있었다. 그는 기숙사 옆 벤치에 앉아서 깊은 생각에 잠겼다.

'미국 유학은 내 나라 대한민국의 도움 없이는 불가능한 일이었어. 나는 과연 나라를 위해서 무슨 일을 할 수 있을까. 아! 그래, 내가 꿈을 이룰 수 있도록 내 삶의 이력서부터 작성해 보자.'

그는 종이를 꺼내서 미래의 목표와 꿈을 적기 시작했다. 마치 한 편의 영화 시나리오를 쓰듯이 자신의 미래를 구체적이고도 분명하게 적어 나갔다. 먼 훗날, 청년은 나이가 들었고《50년 후의 약속》이라는 책을 펴냈다. 그 책에서 그는 자신의 미래 이력서와 실제 이력서를 공개했다.

그의 미래 이력서와 실제 이력서를 비교한 사람들은 깜짝 놀랐다. 그가 써 두었던 미래 이력서와 그가 사회로 나가 경력을 쌓고 쓴 실제 이력서가 거의 흡사했기 때문이다. 미국의 기숙사에서 이력서를 썼던 청년은 바로 지금은 고인이 된 전 한남대학교 총장 이원설이다.

이 전 총장은 미국 오하이오 노던대학을 졸업하고 케이스웨스턴 리저브대학원에서 역사학 박사를, 오하이오 노던대학과 린치버그 대학, 에이드리언대학에서 각각 명예박사 학위를 취득했다. 그는 또 34세의 나이로 최연소 문교부 고등교육국장과 초대 주미 장학관을 지냈으며, 에이드리언대학 역사학 교수, 벨기에 루벤대학 초빙교수, 경희대 대학원장 및 부총장, 세계대학 총장회 사무총장, 숭실대학교 이사장 등을 역임했다.

1950년대의 가난한 나라, 한국에서 온 청년에게는 꿈꿨던 바를 모두 이룰 수 있었던 비결이 있었다. 바로 꿈이 이루어질 것이라는 믿음과 무서운 집중력, 그리고 의지였다.

젊은이들에게 이원설 총장 이야기를 하면 아마도 "그분은 그만한 능력이 있었나 봐요" "운이 좋은 분이었나 보죠"라고 부정적으로 답하는 친구들이 있을 것이다.

하지만 능력이나 행운은 믿음과 의지를 따를 수 없다. 꿈을 반드시 이룰 수 있다는 강한 믿음과 의지만 있으면 능력과 노력은 부차적으로 따라오게 되어 있다. '비전의 닻을 높이 띄워라. 능력은 꿈의 크기에 걸맞게 따라 온다(Your ability will grow to match your dreams).' 젊은 그대들에게 몇 번이고 당부하고 싶은 이야기다.

이제는 멘티 여러분의 미래 이력서를 작성해 보자. 스티어링 휠과 미래 이력서를 책상이나 벽에 붙여 두고 이대로 실천하고자 노력한다면 언젠가는 그 꿈을 진정 내 것으로 만들 수 있을 것이다.

미래 이력서	
1. 내 삶의 목표	
2. 업 적	
3. 경 력	
4. 학 력	
5. 주요 활동	
6. 주요 저서	
7. 가족 관계	
8. 지인 관계	

내 삶의 목표가 무엇인지, 이를 위해 나는 어떤 업적을 쌓을 것이며, 이 업적을 위해 나는 어떤 길을 걸을 것이고, 또 이를 위해 어떤 학력을 갖출 것인지 먼저 큰 그림을 그려야 한다. 그러고 나서 세부적으로 어떤 활동을 하며, 어떤 책을 써서 그 흔적을 남길 것인지 미래 이력서를 작성해 보길 바란다. 더불어 가족과 어떻게 관계를 맺고 가까운 사람들과 어떻게 살아갈지 디자인해 본다.

모든 계획이 그렇듯이 착안대국 착수소국(着眼大局 着手小局), 즉 박이정(博而精)해야 한다.

청춘이여!
바람을 맞서서 도전하라

청춘의 필수과목

캄·비·고 멘토링을 시작하면서 우리는 이렇게 말했다. 멘토링에 와서, 새롭게 되어서, 세상을 향해 나아가라! 내 안의 보석을 찾는 광부가 되고, 나의 꿈을 그리는 화가가 되고, 나의 인생을 디자인하는 디자이너가 되라고 했다.

이 책은 멘티들에게 망원경과 현미경이 되었으면 한다. 망원경처럼 전체를 높고 넓게 또 멀리 폭넓게 바라보면서 방향을 정하되, 현미경처럼 작은 것까지 섬세하게 보고 세밀하게 행하기를 바란다.

착안대국 착수소국(着眼大局 着手小局). 꿈은 원대하게 꾸되, 실천은 작은 일부터 하나하나씩 하기를 바란다.

또 이 책은 멘티들에게 맑은 거울이 되었으면 한다. 나는 어떤 사람인지, 아직 찾아내지 못한 자신의 내면과 재능을 발굴하는 기회가 되었으면 좋겠다. 새로운 시각으로 문제를 보게 해주고, 의식을 전환시켜 주는 프리즘 같은 책이 되었으면 싶다.

끝으로 이 책은 멘티들에게 희망의 불씨가 되었으면 한다. 어느 시기보다 많이 아파하는 청춘에게 새로운 희망과 도전의 불을 붙여 주는 불쏘시개가 되기를 기대한다. 또 어둠 속에서 방황하는 청춘들에게도 작은 등불이 되기를 소망한다.

혹독한 칼바람이 몰아칠 때, 그 바람을 등질 것인가 아니면 맞설 것인가? 언젠가 헤리퍼드종의 소에 대한 이야기를 읽고 가슴이 뭉클했던 기억이 있다. 혹독하게 추운 겨울, 찬바람이 사정없이 살을 파고들면 어떤 동물이건 버티기 힘들다. 특히 방목해서 키운 소들은 추위를 견디기 위해 바람을 등지고 서서히 이동한다. 이렇게 서서히 이동하는 소떼들은 동사하거나 울타리에 몰려 옴짝달싹 움직이지 못하게 되고 서로 나가려고 다투다가 결국 무더기로 압사하고 만다.

그러나 헤리퍼드종의 소들은 다르다고 한다. 그들은 차가운 바람을 정면으로 맞으며 본능적으로 앞으로 나간다. 서로 어깨를 맞댄 채 칼바람을 온몸으로 받아내는 것이다.

놀라운 것은 이런 소들은 한 마리도 얼어 죽지 않는다는 사실이다. 그들이 추위를 정면으로 돌파할 수 있었던 것은 다른 동물에 비해 더 강해서가 아니라 그들이 추위와 맞서 싸우기 때문이다.

도전은 청춘의 특권이다

인생의 모진 역경을 이겨내는 이치도 이와 다르지 않다. 세찬 시련의 바람이 불어올 때 등을 돌려 피하게 되면 결국은 패배하게 된다. 그러나 헤리퍼드종처럼 역경에 정면으로 맞서 도전해 나아갈 때 그대들 안에 잠재되어 있는 무한의 힘이 올라와 청춘 그대들을 승리의 길로 이끌어 갈 것이다.

바람을 피하지 않고 맞서서 도전하는 한 그대들은 청춘이다. 잔잔한 파도는 결코 노련한 뱃사공을 만들지 못한다.

청춘들이여, 도전은 청춘의 특권이다. 꿈을 가지고 칼바람에 맞서서 도전하라. 청춘 그대들의 앞날에 꿈을 이루는 희망의 미래가 열리기를 기대한다.

홈플러스 아카데미에서 일출을 바라보며
—이승한 · 엄정희

APPENDIX
부록

- 캄비고 멘토링 교안-청춘 디자인 수업
- 멘토링 후기-새로운 나, 꿈꾸는 미래

청춘 디자인 수업

차수	주제	특별 활동
1	첫 만남, 인연의 시작	자기소개 & 멘토링 그룹 이름 짓기
2	붙들어야 할 삶의 가치	Life Steering Wheel 작성
3	나는 누구인가?	내 삶의 주제 100자 쓰기 꿈 & Life Steering Wheel 발표
4	1박2일 워크숍 조직에 필요한 리더십	홈플러스 아카데미 방문 독서 모임: 《H2C 창조바이러스》를 읽고
5	하계 리더십 캠프	한국장학재단(속초)
6	나의 진로 방향 찾기	홀랜드 직업 탐색 검사, 다섯손가락 진로 검사, 20대에 쓰는 미래 이력서
7	데이트스쿨/ 결혼 예비 학교	T-JTA(테일러-존슨 기질 테스트) 통한 성격 검사
8	한국 경제의 미래와 창의 경영	영어 스피치 발표(자유 주제)
9	행복한 가족, 그리고 나의 역할	홈플러스 나눔 바자회 봉사 활동
10	행복한 대인관계와 대화법	리움박물관 방문
11	1박2일 워크숍 Design Your Life! Life Steering Wheel 리뷰	신년 작은 음악회

새로운 나, 꿈꾸는 미래

박선하 멘티

주마간산(走馬看山). 달리는 말 위에서 산천을 구경한다는 의미의 사자성어로, 내 지난 모습을 가장 잘 표현하는 한자성어다. 친구와 잠시 수다를 떠는 것 정도의 여유 부리기에도 무슨 큰 잘못이라도 한 양, 나를 자책하며 달리기에만 집중했다. 하지만 정신을 차리고 보니, 내가 지금 어디에 있는지, 무엇을 위해 달려왔는지 알 수 없었다. 'Design Your Life!' 이 문구는 갈 길을 몰라 헤매던 나를 붙잡았다. 나는 잠시 말에서 내려와 주변을 둘러보았다. 그곳에는 무작정 앞만 바라보며 달리는 바람에 놓쳐버린 소소한 '행복'들이 있었다. 멘토링은 나에게 결과도 중요하지만 그 과정에서 얻는 즐거움도 소중하다는 것을 알게 해 주었다. 나는 이제 다시 말에 오르겠지만, 그것은 경주를 위해서가 아니라 인생이라는 멋진 여행을 위해서일 것이다.

이재명 멘티

멘토링을 하기로 마음먹은 건 입사를 확정지었을 때였다. 사회생활을 하는 사람들의 회의와 불만에 가득한 모습을 보며, 새로 마주할 환경에 대한 두려움과 더 이상의 여유는 없다는 부정적인 생각이 들었다. 그런데 멘토링을 통해 꿈을 보게 되었다. 뿌옇게 보이던 꿈이 선명해지면서 나는 내게 주어진 이 시간들을 꿈을 향해 가는 하나의 과정으로 여기게 되었다. 주어진 일도 즐겁고 자신감 있게 대할 수 있게 되었다. 무엇보다 사랑과 나눔을 삶을 통해 보여 주신 멘토님을 보면서 행복은 나만의 것이 아니라 우리 것이라는 깨달음도 얻었다. 꿈과 사랑을 알려 준 멘토링을 통해 나는 내일을 기대하며 기다린다.

이진욱 멘티

졸업을 앞두고 취업과 진학이라는 갈림길에서 갈등했다. 내가 사는 이유에 대해서도 다시금 진지하게 고민했다. 그러던 중 'Design Your Life'라는 멘토링을 받게 되었다. 무엇보다 나는 이 시간을 통해 나라는 존재를 발견했다. 내가 중요하게 여기는 가치가 무엇인지, 어떤 길을 가고 싶어 하는지 알았다. 그리고 내 인생을 디자인하기 시작했다. 물론 인생을 살면서 계획과 다른 길을 갈 수도 있다. 하지만 방향을 알기에 종종거리던 걸음을 좀 더 성큼성큼 내딛어 보려 한다. 시간이 흐르면, 멘토님들께 받은 사랑을 후배 멘티들에게 후하게 베풀고 싶다. 받은 사랑을 전하는 것, 그것이 멘토님들이 진정 원하는 길일 것이다.

캄비고 멘티들과 함께

이슬기 멘티

악기를 시작한 지 8년 만에 손목에 염증이 생겨 아무것도 하지 못하던 그때, 멘토링을 시작했다. 몸도 마음도 시름시름 앓던 나에게 멘토링은 새로운 마음가짐을 불어 넣어 주었다. 그리고 다시 시작할 수 있는 힘을 선물했다. 처음에는 멘토링이 무엇인지 잘 몰랐다. 두루뭉술한 생각으로 시작했지만 멘토링을 통해 마음속에 큰 변화가 일어났고 희망이 생겼다. 미래에 대해 더 이상 회피하지 않고 진지하게 생각해 보았다. 가족과 주위사람을 한 번 더 둘러볼 수 있는 여유도 생겼다. 멘토링으로 내면의 견고함을 세웠고, 앞으로의 삶도 더 단단하게 이겨낼 수 있을 것 같은 자신감이 나를 기쁘게 한다.

우영찬 멘티

인생의 다양한 경험들이 나를 어떠한 방향으로 이끌고 있다고 생각했다. 그러나 그 목표를 구체화하기 위해서 어떤 노력을 해야 할지에 대해서는 답을 찾기 힘들었다. 그러던 중 'Design Your Life'라는 문구가 마음에 들어 왔다. 지금까지가 건물을 어느 곳에 지을 것인지, 어떠한 목적의 건물인가를 결정하는 단계였다면 이제부터는 실질적으로 그 건물의 설계도를 디자인할 때다.

멘토링을 통해 인생의 시야를 넓힐 수 있었고, 다양한 친구들과의 교류를 통해 더욱 폭넓은 분야를 이해하게 되었다. 멘토링을 통해 흐릿하던 내 꿈이 어디로 가야할지 그 길이 명확해지기 시작했다. 인생은 물음표와 느낌표의 수많은 반복이다. 다시 물음표를 만나게 되는 때에 이 책을 펴고 우리가 했던 멘토링을 떠올리면, 또 다른 느낌표를 만나게 되리라 믿는다.

조윤경 멘티

나는 현실적인 꿈을 좇아 교사가 되기 위해 전공 공부에만 매달려 왔다. 쉼 없이 달려왔지만 왜 교사가 되고 싶은지는 고민해 본 적이 없었다. 어느 순간 맹목적으로 꿈을 좇는 나를 발견했고, 그때부터 대학 생활은 더 이상 즐겁지 않았다. 이러한 때에 멘토링을 받게 된 것은 행운이었다. 나는 다시 기쁨을 누리게 되었다. 인생에서 중요하게 여겨야 할 가치를 발견했고, 그것은 나침반이 되어 주었다. 다시 인생을 설계했다. 이제 내가 주변의 소중한 이들에게 나침반이 되어 주려 한다. 나를 통해 인생의 가치를 발견하고 행복을 찾을 수 있도록 노력할 것이다.

정준교 멘티

멘토링을 하게 된 시기는 미래에 대한 이런저런 생각들로 고민이 많아질 때였다. 시기 적절하게 멘토님들을 뵙게 된 것이다. 멘토링은 나 자신과 내가 무엇을 할 것인가에 대해 생각할 기회를 주었다는 데 큰 의의가 있다. 막연하게 어떤 분야에서 일하고 싶다 정도만 생각했고, 군대도 대학원 진학 후에 어떻게든 될 거라고 생각했다. 나는 어떤 일을 하고 싶은지, 무엇보다 나는 어떤 사람인지를 아는 것은 복잡한 일이었다. 하지만 꼭 필요했다. 머릿속이 복잡해질 때마다 이런 고민을 할 수 있다는 것, 필요성을 안다는 데 감사함을 느낀다. 덕분에 군대에 가겠다는 결심을 세웠다. 선배 멘티들을 통해 배운 사회생활 조언도 큰 도움이었다.

박선영 멘티

Korment 프로그램을 통해 멘토님들을 만나게 된 것은, 단순히 사회적으로 성공한, 영향력 있는 멘토분들을 만나보고자 하는 야심에서 시작되었다. 하지만 '그'들의 성공담을 알고자 했던 본래의 목표는 거꾸로 '나'의 성공담을 그려 가는 것으로 수정되었다. 멘토링이 끝나가는 이 시점, 나는 내 삶에서 추구해야 할 목표를 찾았고 새로운 시대의 참 '리더'로서의 위대한 탄생을 꿈꾸게 되었다.

청춘을 디자인하다

1판 1쇄 2012년 2월 20일 발행
1판 9쇄 2017년 4월 25일 발행

지은이 · 이승한, 엄정희
펴낸이 · 김정주
펴낸곳 · ㈜대성 Korea.com
본부장 · 김은경
기획편집 · 이향숙, 김현경, 양지애
디자인 · 문 용
영업마케팅 · 조남웅
경영지원 · 장현석, 박은하

등록 · 제300-2003-82호
주소 · 서울시 용산구 후암로 57길 57 (동자동) ㈜대성
대표전화 · (02) 6959-3140 ㅣ 팩스 · (02) 6959-3144
홈페이지 · www.daesungbook.com ㅣ 이메일 · daesungbooks@korea.com

© 이승한, 엄정희 2012
ISBN 978-89-97396-03-0 (03810)
이 책의 가격은 뒤표지에 있습니다.

이 도서의 국립중앙도서관 출판시도서목록(CIP)은 e-CIP홈페이지(http://
www.nl.go.kr/ecip)와 국가자료공동목록시스템(http://www.nl.go.kr/
kolisnet)에서 이용하실 수 있습니다.(CIP제어번호: CIP2012000417)